BASTEI
LÜBBE

Aus der Taschenbuchreihe JERRY COTTON – Neuauflage – sind nachstehende Romane erhältlich. Fragen Sie im Buch- oder Zeitschriftenhandel nach diesen Titeln:

---

32 053 Heißes Wochenende
32 054 Hände weg von Evelyn
32 055 Stadt der Mörder
32 056 Vom Teufel geküßt
32 057 Höllen-Kommando
32 058 Begnadigt zum Schafott
32 059 Blutiges Pflaster
32 060 Dollar-Baby
32 061 3000 Meilen Todesangst
32 062 Zu heiß für Cat
32 063 Sterben muß, wer Jossy küßt
32 064 Die Bestie von Brooklyn
32 065 Todes-Blues
32 066 Heiße Orchideen
32 067 Für mein Leben keinen Cent
32 068 Dämon der Nächte
32 069 In der siebenten Hölle
32 070 Die Florida-Killer
32 071 Du mußt sterben, Lady!
32 072 Wild wie eine Harlem-Katze
32 073 Klinik der grausamen Frauen
32 074 Heroin auf nackter Haut
32 075 Nachruf aus der Hölle
32 076 Mafia-Melodie
32 077 Grausame Engel
32 078 Tödlicher Morgen
32 079 Dolly läßt das Töten nicht
32 080 Killer-Camp
32 081 Kennwort Roter Drache
32 082 Alaska-Teufel
32 083 Ein Toter auf Pier 17
32 084 Gold in blutigen Fäusten
32 085 Todes-Rausch
32 086 Die Hinrichtung
32 087 Die bitteren Träume von Harlem
32 088 Sechs Mörder und fünf Masken
32 089 . . . und nichts als die Wahrheit
32 090 Die längste Nacht hat keinen Morgen
32 091 Die Todeswolke
32 092 Der silberblonde Teufel
32 093 Todesblüten im Paradies
32 094 Die Nacht der Menschenhaie
32 095 Wir jagten das Maskengesicht
32 096 Der entführte Astronaut
32 097 Die Party-Killer von Los Angeles
32 098 Die Cosa Nostra läßt grüßen
32 099 Nach all diesen Morden
32 100 Tödlicher Donnerstag
32 101 Sein Name war Capello
32 102 Die Rache der Gesteinigten
32 103 Im Zuchthaus gelernt
32 104 Die Entführung
32 105 Die rote Hexe von Manhattan
32 106 Ich und der Mädchenmörder
32 107 Silver-Jet ins Jenseits
32 108 Heißer Job mit Jane
32 109 Schatzmeister der Cosa Nostra
32 110 Die Tupamaros von New York
32 111 Die Flugzeug-Fänger
32 112 Stunde der Mörder
32 113 Die Unterwasser-Killer
32 114 Fünf Finger
32 115 Die Gierigen

Jerry Cotton

Madame – Ihr Mörder steht zu Diensten

Kriminalroman

BASTEI
LÜBBE

BASTEI-LÜBBE-TASCHENBUCH
Jerry Cotton – Neuauflage –
Band 32 116

Erste Auflage: Oktober 1971
Zweite Auflage: Mai 1990

Unser Titelbild zeigt eine Szene aus dem Lustspiel ›Sesso Matto‹ mit Dino Risi und Laura Antonelli. Die auf dem Titelbild dargestellten Personen stehen in keinem Zusammenhang mit dem Inhalt des Romans.

Titelfoto: Bastei-Archiv
Umschlaggestaltung: Quadro Grafik, Bensberg
Satz: Fotosatz Steckstor, Bensberg
Druck und Verarbeitung:
Brodard & Taupin, La Flèche, Frankreich
Printed in France
ISBN 3-404-32116-2

Der Preis dieses Bandes versteht sich einschließlich
der gesetzlichen Mehrwertsteuer.

Linda Sherwood räkelte sich in der Sonne. Sie ruhte bäuchlings auf der Gummimatratze neben dem Swimmingpool. Nackt. Sie hatte nichts auf dem Leib außer ihrem Ehering. Sie genoß den Gedanken, daß sie den Ring nach all diesen Jahren nicht mehr zu hassen brauchte. Wenn das Telefon läutete, würde James tot sein.

Ermordet.

Es war ein angenehmer Gedanke. Faszinierend. Witwe mit siebenundzwanzig! Erbin von fünfunddreißig oder vierzig Millionen Dollar. Und frei. Endlich frei!

Seufzend drehte sie ihren Kopf zur Seite. Sie genoß die Wärme auf ihrer glatten Haut und betrachtete das Schwimmbassin durch das neben ihr stehende Glas. Eis, Gin und Champagner. Es war amüsant, die aufsteigenden Luftbläschen zu verfolgen. Die Lichtreflexe. Die glitzernde, heitere Symbolik von Luxus und Reichtum. Vierzig Millionen!

Sie schloß die Augen. Warum läutete das Telefon nicht? Der Mann hatte ihr zugesichert, daß es noch vormittags geschehen würde. Voraussichtlich zwischen elf und zwölf Uhr. Jetzt war es elf Uhr vierzig.

Der Mann! Enrico Czarwatzki. Sein Name war so seltsam und kompliziert wie er selbst. Ein bißchen schmierig vielleicht. Egal! Von einem Mörder konnte man nicht erwarten, daß er gesellschaftliche Normen erfüllte. Es genügte, daß er tötete. Was waren schon zehntausend Dollar Blutgeld, gemessen an einer Ernte von vielen Millionen?

Linda Sherwood verdrängte das Bild des Killers aus ihrer Vorstellung. Es paßte nicht hinein. Enrico Czarwatzki war ein häßlicher Schatten, den sie schnell vergessen wollte.

Blinzelnd hob sie die Lider. Das Telefon stand auf der

sonnenüberfluteten Terrasse. Es funkelte und strahlte, als sei es sich seiner Bedeutung bewußt.

»Läute, nun läute doch endlich!« preßte Linda Sherwood durch ihre Zähne.

Sie merkte, wie ihre gute Laune von wachsender Nervosität verdrängt wurde. War etwas schiefgegangen? Nein, Enrico Czarwatzki war kein Versager. Seine düstere Entschlossenheit hatte ihr imponiert.

Linda Sherwood entspannte sich erneut. Nach fünf Jahren Ehe kam es wahrhaftig nicht auf fünf Minuten an.

»Good bye, James«, sagte sie leise. »Ich habe dir meine besten Jahre geschenkt. Es wird Zeit, daß du dafür bezahlst. Ich hasse dich, du Bastard!«

Du bist ungerecht, meldete sich ihr Gewissen zu Wort. Er hat dich geliebt und bewundert. Was konnte er dafür, daß seine Eifersucht dir das Leben zur Hölle machte? Es war seine Veranlagung, er war ihr hilflos ausgeliefert.

»Du hättest mich nicht an die Kette legen dürfen«, führte sie ihren Monolog fort. »Das war ein Fehler, James. Ich brauche meine Freiheit. Ich bin schön. Du hattest kein Recht, diese Schönheit zu deinem Privatbesitz zu erklären.«

Das Telefon läutete. Linda Sherwood schreckte hoch. Ihr Herz hämmerte wild. Es war soweit!

Du mußt ruhig bleiben, warnte sie sich. Du darfst nicht zum Telefon rennen. Du mußt jetzt und in dieser Sekunde damit beginnen, dich völlig normal zu benehmen. Nur dann hast du eine Chance, mit dem Mord davonzukommen.

Sie streifte ihren Bademantel über und schritt barfuß zur Terrasse. Im Gehen verknotete sie den Gürtel. Sie schluckte, als sie nach dem Hörer griff.

»Sherwood«, meldete sie sich.

»Linda, Liebste«, tönte ihr eine helle, etwas überdreht wirkende Mädchenstimme entgegen. »Ich bin so froh, dich anzutreffen. Dreimal darfst du raten, wer hier spricht! Endlich bin ich mal wieder in meinem geliebten New York. O Gott, warum bin ich nur von ihm weggegangen? Texas ist bombastisch, scheußlich und herausfordernd provinziell. . .«

Linda Sherwood biß sich so heftig auf die Unterlippe, daß es schmerzte. Ausgerechnet Myriam Price, diese Nervensäge!

»Es ist eine Ewigkeit her, daß wir voneinander gehört haben, Myriam«, hörte sie sich sagen. »Ich dachte schon, du willst von deinen alten Freunden nichts mehr wissen.«

»Bist du verrückt?« lachte Myriam Price. »Ich denke täglich an euch. Ich kann gar nicht anders. Lieber Himmel, ich würde alles tun, um wieder in New York leben zu können. Aber du kennst Patrick. Er glaubt, Texas sei der einzige Ort der Welt, der sich mit dem Paradies vergleichen kann. Wie geht es dem anbetungswürdigen James?«

»Gut, hoffe ich«, sagte Linda Sherwood. Sie runzelte die Augenbrauen. Das ›hoffe ich‹ war völlig überflüssig gewesen, aber Myriam Price war keine Frau, die eine Antenne für Nuancen hatte. »Ich fürchte, er arbeitet zuviel.«

»Er tut es für dich, Liebste«, meinte die Anruferin. »Wie oft habe ich dich um den göttlichen James beneidet! Für mich ist er der vollkommene Gatte und Gentleman. Blendend aussehend, charmant und so enorm lebenstüchtig. Er hat sich seine Stellung erarbeitet, er ist dank seiner geistigen Brillanz an die Spitze getragen worden. Mein Patrick ist der Farmer geblieben, der er war, als man auf seinem Land die Ölquellen entdeckte, die ihn zum Millionär machten. Das viele Geld hat ihm keinen Schliff gegeben.«

»Warum hast du ihn geheiratet?«

»Das frage ich mich zuweilen auch. Mir gefiel seine Rauhbeinigkeit. Ich hielt das für ein Zeichen besonderer Originalität. Jetzt weiß ich, daß es nur ein erschreckender Mangel an Takt und Bildung ist.«

Linda Sherwood zwang sich zu einem kurzen, amüsiert klingenden Lachen. »Du urteilst wirklich sehr hart über den armen Patrick«, meinte sie.

»Er hängt mir meilenweit zum Halse heraus«, sagte Myriam Price mit plötzlicher Schärfe. »Ich weiß, daß das sehr häßlich klingt, aber es ist die Wahrheit. Dir gegenüber darf ich doch offen sein? Oh, Linda, ich brenne darauf, dich zu sehen und mit dir darüber zu sprechen! Kannst du nicht in die City kommen? Ich bin gerade bei Clermond in der 5th Avenue. . .«

»Liebling, im Augenblick kann ich hier nicht weg. Ich erwarte einen Anruf von James.«

»Dann laß uns in der Stadt ein paar Cocktails nehmen und gemeinsam zu Abend essen! Sage James, daß du eine alte Bewunderin seiner Männlichkeit triffst. Er wird dafür Verständnis zeigen.«

»Bestimmt«, sagte Linda Sherwood rasch. »Ich will versuchen, gegen fünf im Tea Room des Waldorf Astoria zu sein. Ist das okay?«

»Aber klar, Liebste. Ich freue mich auf das Wiedersehen.«

Linda Sherwood stieß die Luft aus und warf den Hörer auf die Gabel. Ausgerechnet Myriam Price!

Sie schob beide Hände in die Taschen ihres weißen, flauschigen Bademantels. Es gab niemand in ihrer Umgebung, der James nicht verehrte oder bewunderte.

James' Charme war ein Markenzeichen seiner Persönlichkeit. Kein Mensch vermochte sich darin mit ihm zu messen.

War er schon tot?

Linda Sherwood merkte, wie trotz der Wärme ein Frösteln über ihre Haut kroch. Sie schüttelte es ab wie ein lästiges Insekt. Hatte Enrico Czarwatzki anzurufen versucht, während Myriam Price mit ihrem Gespräch den Apparat blockiert hatte?

Linda Sherwood machte kehrt und schlenderte zurück an den Swimmingpool. Plötzlich lachte sie halblaut. Ich sollte Myriam diesen Enrico Czarwatzki empfehlen, dachte sie. Er könnte eine Menge für die aufgebrachte Myriam tun.

Linda Sherwood ließ den Bademantel zu Boden gleiten. Sie wußte, daß nur der Butler im Hause war. Howard konnte mit seiner dicken Brille nicht weiter als fünf Yard sehen. Sie brauchte sich im Garten also keine Zurückhaltung aufzuerlegen. Fast bedauerte sie es, daß in diesem Moment kein Mann in der Nähe war und ihre aufreizende Ebenmäßgkeit bewunderte.

Sie legte sich auf die Matratze und nahm einen Schluck aus dem Glas. Elf Uhr fünfundfünfzig. Fünf Minuten vor zwölf. Sollte diese alberne Phrase auch für ihr Leben eine besondere Bedeutung erhalten?

Sie griff hinter sich und zog ein Frottiertuch über ihr Gesäß, als sie Schritte hörte. Was wollte Howard von ihr? Es war nicht seine Art, sie hier draußen zu stören. Er wußte, daß sie gern nackt am Bassin lag, und respektierte dieses Steckenpferd seiner Herrin.

Linda Sherwood drehte den Kopf zur Seite, als die Schritte neben ihr stoppten.

»Hallo«, sagte der Mann.

Linda Sherwood starrte ihm sprachlos in die Augen.

Sie sah den Besucher zum ersten Mal. Er war nicht älter als dreißig und glich in Kleidung und Auftreten einem Mann ihrer Gesellschaftsschicht. Optisch war er ein Typ, den sie mochte: dunkelhaarig und muskulös, mit einem vielleicht zu selbstgefälligen, spöttischen Lächeln, das klarmachte, wie sehr er sich seiner Wirkung bewußt war.

Er hatte dunkle Augen unter buschigen Brauen, ein schmales, tiefbraun getöntes Gesicht, ein markantes, sehr männliches Kinn und einen vollen Mund, von dem man nicht auf Anhieb sagen konnte, ob er lebenslustig oder grausam war, oder beides zusammen.

»Hallo«, wiederholte er und schob eine Hand in seinen großkarierten Glencheck-Sakko.

Linda Sherwood war sich ihrer Nacktheit bewußt, aber sie litt nicht darunter. Im Gegenteil. In ihrem Wesen lag eine Portion Exhibitionismus, dem sie schon deshalb gern frönte, weil es so erregend war, Männer damit zu verwirren.

Das spöttische Lächeln des Mannes ließ freilich vermuten, daß Konfrontationen mit weiblichen Reizen zu seinen täglichen Erfahrungen gehörten. Er schien nicht sonderlich beeindruckt zu sein. Linda Sherwood wurde von plötzlichem Ärger überschwemmt. Was bildete sich dieser hergelaufene Bursche überhaupt ein? Woher nahm er den Mut, unangemeldet im Garten aufzutauchen?

»Wer sind Sie?« fuhr sie ihn an und verschränkte die Arme vor ihrer Brust.

Er schaute sich kurz um und zog sich dann einen Stuhl heran, der nur wenige Schritte von ihm entfernt stand. Er setzte sich ungefragt und legte ein Bein leger über das andere. Linda Sherwood bemerkte, daß er teure, handgearbeitete Schuhe trug. Seine Wollsocken waren farblich auf das Karo seines Sportsakkos abgestimmt.

»Sie sind sehr schön«, sagte er lächelnd.

Seine dunkle, angenehme Stimme hatte die Gabe, Banalitäten aufzuwerten und mit Leben zu erfüllen. Linda Sherwoods Zorn fiel in sich zusammen, aber sie war nicht gewillt, sich von diesem Schönling verschaukeln zu lassen.

»Ihren Namen!« forderte sie.

»Nennen Sie mich Lester«, schlug er vor, ohne auch nur eine Sekunde sein selbstgefälliges, spöttisches Lächeln oder seine Haltung zu verlieren.

»Stehen Sie auf und drehen Sie sich um«, sagte Linda Sherwood. Er gehorchte. Sie erhob sich und schlüpfte in ihren Bademantel. Als sie ihn verknotet und aus der Tasche ein Päckchen Zigaretten geholt hatte, sagte sie: »Es ist okay.«

Er schwang sich herum und stand auf, um ihr Feuer zu geben, als sie sich eine Zigarette zwischen die Lippen schob. Linda Sherwood schien es so, als legte er es darauf an, ihr dabei besonders nahe zu kommen. Sie inhalierte tief und stieß ihm dann den Rauch ins Gesicht.

»Lester. . . und wie noch?« fragte sie. Das Spiel fing an, sie zu erheitern. Der Mann war der richtige Typ für einen Flirt. Ob er auch nur ahnte, daß sie vielleicht gerade in diesem Moment zur Witwe wurde?

»Brown«, antwortete er grinsend.

»Wie enttäuschend!« meinte sie.

»Lester Brown ist ein bekannter Name. . . ein Tanzorchester von Ruf«, erinnerte er sie.

»Aber das sind Sie nicht – oder?«

»Nein, nein«, erwiderte er und setzte sich wieder. Der Knoten seiner Pop-Krawatte war sehr locker und nachlässig geschlungen. Die Kragenenden seines gelbseidenen Oberhemdes waren übermäßig lang. »Das bin ich nicht. Aber ich liebe bestimmte Rhythmen. Und ich verkaufe sie.«

»Wovon reden Sie überhaupt?« fragte Linda Sherwood ihn irritiert.

»Vom Tod«, erwiderte er lächelnd. »Ich bin ein Manager des Todes.«

Linda Sherwood starrte ihm in die Augen. »Ein Manager des Todes?« echote sie. Es erschien ihr seltsam, unwirklich und erschreckend, daß der Fremde in diesem Augenblick davon sprach.

War doch etwas schiefgegangen?

Hatte Enrico Czarwatzki versagt oder gesungen? Gab es in dieser Stunde statt der erhofften und erwarteten Todesmeldung einen raffinierten Erpressungsversuch?

Linda Sherwood schaute sich nach einem zweiten Stuhl um. Es war keiner in der Nähe. Lester Brown deutete ihre Hilflosigkeit richtig. Er sprang auf und schob ihr seinen Stuhl zurecht. »Bitte, Madame«, sagte er höflich.

Linda Sherwood nahm Platz. Sie zog ihren Bademantel zurecht, mechanisch, während sie Mühe hatte, das Klopfen ihres Herzens und ihre wachsende Erregung zu meistern.

»Rhythmus und Tod. . . was hat das miteinander zu tun?« wollte sie wissen.

»Man spricht so gern vom Lebensrhythmus«, erwiderte er mit seiner dunklen, klangvollen Stimme, »aber es gibt Leben, die erst dann ihren richtigen Rhythmus finden, wenn ein Todesfall eintritt. . . der Tod eines anderen, versteht sich.«

Linda Sherwoods Mund wurde pulvertrocken. Sie war auf einmal felsenfest davon überzeugt, daß der

Besucher sie zu erpressen wünschte. Vermutlich arbeitete er mit Enrico Czarwatzki Hand in Hand!

»Ich . . . ich verstehe Sie nicht«, meinte sie halblaut.

Sie mußte Zeit gewinnen! Wenn Enrico Czarwatzki mit Hilfe dieses Lester Brown versucht haben sollte, ohne die Ermordung von James an ihr Geld heranzukommen, würde es ein böses Erwachen für ihn geben! Sie war eine arme Ehefrau, aber wenn alles klappte, würde sie eine reiche Witwe sein.

»Ihre Ehe ist unglücklich«, sagte der Mann. Er lächelte dabei in seiner selbstsicheren Weise.

»Wie können Sie das behaupten?« fragte sie ihn.

»Ich beobachte sie seit Wochen«, sagte er. »Sie hassen Ihren Mann. Sie haben ihn betrogen.«

Linda Sherwood wußte nicht, ob sie erschreckt oder erleichtert sein sollte. Jetzt hatte Lester Brown die Katze aus dem Sack gelassen. Damit wollte er sie also erpressen? Ihre Sicherheit kehrte zurück. Fast tat ihr der schöne Erpresser leid! Was nützte ihm sein Vorhaben, wenn James Sherwood, den er für seine Drohungen benötigte, in diesem Moment schon tot war?

»Ich verstehe«, sagte Linda Sherwood. »Sie wollen Geld. Wenn ich es Ihnen nicht zahle, werden Sie meinen Mann informieren.«

»Ich will Geld, stimmt«, nickte er, »aber ich will Ihren Mann nicht informieren, sondern töten.«

Linda Sherwood fragte sich, ob sie wachte oder träumte. Sie hatte James' Tod lange und sorgfältig vorbereitet. In all diesen Monaten wachsamer Behutsamkeit hatte sie es vermieden, die Dinge beim richtigen Namen zu nennen . . . und nun kam dieser Fremde des Weges und redete darüber, als handelte es sich um ein schlichtes Picknick!

»Sie sind verrückt«, murmelte sie schwer atmend.

»Einfach verrückt. Es gibt keine andere Erklärung dafür.«

»Doch«, sagte er und wippte federnd auf seinen Sohlen. »Die gibt es. Unser Team spezialisiert sich auf reiche Frauen, von denen wir aus diesem oder jenem Grunde annehmen dürfen, daß sie gern lustige Witwen sein möchten. Natürlich verfahren wir ebensooft auch umgekehrt. Wenn es verlangt wird, befreien wir Männer von ihren Frauen. Wir beobachten unsere potentiellen Kunden und vergewissern uns, daß wir mit unseren Vermutungen richtig liegen, und dann unterbreiten wir dem oder der Betreffenden ein konkretes Angebot.«

»Sie sind ein Team?« murmelte Linda Sherwood.

Sie fühlte sich schwindlig. Ein volles Jahr hatte sie nach einem Killer Umschau gehalten, und nun stellte sich heraus, daß es eine Organisation gab, die auf diese Dinge spezialisiert war!

Welch ein makabrer und absurder Zufall, daß ein Vertreter dieser Organisation sie ausgerechnet heute aufsuchte!

»Ja, wir sind ein Team«, bestätigte Lester Brown kopfnickend. »Es arbeitet fehlerlos. Ganz im Ernst!« Er schaute sie an. »Ich weiß, daß Sie sich jetzt schockiert geben müssen, aber ich weiß auch, daß das nur gespielt ist. Sie würden viel darum geben, wenn Sie Ihren ungeliebten Mann los würden. Wir arrangieren das für Sie. Unsere Forderungen sind – gemessen an Ihrem Gewinn – recht bescheiden. Wir erwarten nicht mal einen Vorschuß – aber ein Erfolgshonorar in Höhe von zwanzig Prozent der Erbschaft.«

»Zwanzig Prozent?« hauchte Linda Sherwood.

Sie ärgerte sich über diese Äußerung. Sie hörte sich an, als würde sie den Vorschlag in Erwägung ziehen.

Phantastisch, was dieser Bursche und seine Hintermänner von ihr erwarteten... rund acht Millionen Dollar! Ob es dieses Team wirklich gab?

Lester Brown schien ihre Gedanken zu erraten. Er sagte: »Wir arbeiten seit Jahren mit wachsendem Erfolg. Viele prominente, trauernde Witwen verdanken ihr neues, besseres Leben unserer Organisation.«

»Wenn Sie nicht sofort verschwinden, rufe ich die Polizei«, sagte Linda Sherwood scharf.

»Wir sind es gewohnt, daß man uns erst einmal hinauswirft«, meinte er. »Es gibt keine sofortigen Abschlüsse oder Kontakte. Aber wir pflegen wiederzukommen, und die Erfahrung zeigt, daß wir in sieben von zehn Fällen unser Ziel erreichen.«

»Das ... das glaube ich nicht!« murmelte Linda Sherwood. »Es würde bedeuten, daß die Spitze unserer Gesellschaft faul und verdorben, brutal und skrupellos, egoistisch und mitleidlos ist.«

Er lächelte ihr in die Augen. »Sie haben es erfaßt«, sagte er. »So ist sie. Oder sind Sie anders?«

»Gehen Sie!« schrie sie ihm ins Gesicht.

»Wir sehen uns wieder«, meinte er und schritt davon.

Sie blickte ihm hinterher. Ihre Erregung verklang. Am liebsten hätte sie ihn ausgelacht. Ich brauche euch nicht, ihr Narren! Ich kriege meine Erbschaft billiger. Zwanzig Prozent? Das ist einfach lächerlich! Ich zahle dafür nur einen Bruchteil euerer Forderungen, ein Trinkgeld!

Das Telefon läutete. Der Mann blieb mitten auf dem Rasen stehen und blickte über seine Schulter. Linda Sherwood gab sich einen Ruck. Sie hielt sich mit der Linken den Bademantel zu, als sie sich der Terrasse näherte. In ihrer Rechten hielt sie die brennende Zigarette. Sie nahm einen tiefen Zug daraus, ehe sie nach dem Hörer griff und sich meldete.

»Sherwood.«

Sie hörte das Atmen des Teilnehmers. »Mrs. Linda Sherwood?« fragte eine knarrende Männerstimme.

»Am Apparat«, sagte sie ungeduldig.

Das ist es! schoß es ihr durch den Sinn. Das ist der Anruf, den ich erwarte.

»Sergeant McKelly vom dreiundvierzigsten Revier«, fuhr der Anrufer fort. Er sprach schleppend, als kostete es ihm unsägliche Mühe, einige Worte miteinander zu verbinden. »Ich . . . ich habe die betrübliche Aufgabe, Sie von einem Unfall Ihres Mannes in Kenntnis zu setzen.«

»Um Himmels willen!« stieß Linda Sherwood hervor und schnippte ihre Zigarette auf die Terrasse. «Ist er verletzt?«

Sie war mit ihrer Reaktion zufrieden. Es hätte nicht echter klingen können, wenn James ihr Geliebter gewesen wäre.

Räuspern. »Er ist tot, Madame.«

»Tot!« hauchte sie.

»Die Unfallursache ist noch nicht zweifelsfrei geklärt«, meinte der Anrufer. Er sprach jetzt schnell, fast so, als müßte er den Rest seiner Aufgabe in Rekordzeit erledigen. »Wir müssen Sie bitten, sich im Leichenschauhaus einzufinden. Es ist wegen der Identifizierung. Vielleicht kann man Ihnen dort schon Näheres sagen.«

»Und Sie sind – mein Gott – Sie sind völlig sicher, daß der Tote mein Mann ist?«

»Er wurde einwandfrei als James L. Sherwood identifiziert, Madame«, sagte der Anrufer. »Trotzdem benötigen wir Ihre Bestätigung.«

»Ich . . . ich komme«, murmelte Linda Sherwood. Ihre Stimme klang wie gebrochen.

»Was ist passiert?« fragte Lester Brown.

Linda Sherwoods Kopf flog herum. Sie hatte sein Herankommen nicht gehört. Er stand so dicht hinter ihr, daß sein warmer Atem ihr Gesicht streifte.

»Ihre Mission hat sich erledigt, Mr. Brown«, erklärte sie bitter. »James ist tot. Er wurde das Opfer eines Verkehrsunfalls.«

»Ah«, meinte Lester Brown. »Ich gratuliere! Sie hören noch von mir.«

Linda Sherwood blickte ihm hinterher. Er bog um die Ecke des weißen Bungalows, ohne nochmals zurückzublicken. In der Art, wie Lester Brown sich bewegte, lag keine Spur von Resignation. Linda Sherwood holte tief Luft und traf eine Entscheidung.

»Ich lasse Ihnen sofort einen starken Kaffee bringen, Madam«, sagte John D. High fürsorglich.

»Danke, es geht schon wieder«, erklärte Linda Sherwood kaum hörbar.

Sie war im Besuchersessel des Chefbüros zusammengebrochen. »Es ist einfach zuviel für mich«, murmelte sie. »Dieser Besuch im Leichenschauhaus . . .« Sie führte den Satz nicht zu Ende.

Wir beobachteten, wie sie mit bebenden Händen ihre Handtasche öffnete. Mein Freund und Kollege Phil Decker gab ihr Feuer, als sie eine Zigarette zwischen ihre Lippen schob. Das schwache Lächeln, mit dem sie sich dafür bei ihm bedankte, war nicht frei von werbender Koketterie.

John D. High, unser Chef, nahm der Frau gegenüber in seinem ledergepolsterten Drehsessel Platz. Phil und ich setzten uns an die Schmalseite seines Schreibtisches. Linda Sherwood inhalierte tief. Sie war sichtlich entschlossen, ihre Schwäche zu meistern und rasch zur Sache zu kommen. »Es gibt wohl in jedem Leben Augenblicke, die die Grenzen zwischen Realität und Traum zu verwischen scheinen«, meinte sie. »Heute war für mich so ein Tag. Ein Fremder kam zu mir und bot mir an . . . nun, er erklärte sich dazu bereit, meinen Mann zu töten. Das allein war schon grotesk genug, einfach monströs, aber einige Minuten später klingelte das Telefon, und ich erfuhr, daß James tot sei.«

John D. Highs klare, scharfe Züge spiegelten weder Überraschung noch Anteilnahme. Er wirkte auf eine gelassene Weise interessiert und konzentriert. Fast schien es so, als nähme er die Worte der Frau nur als ein Nebenprodukt wahr, und als fesselte ihn nur die Art, wie sie dargeboten wurden.

»Der Mann nannte sich Lester Brown«, fuhr Linda Sherwood fort. »Sicherlich ein erfundener Name. Er sah gut aus, sogar blendend. Er behauptete, mich beobachtet zu haben . . . schon seit Wochen, und er gab vor, zu wissen, daß meine Ehe nicht glücklich sei . . .«

»Hatte er damit recht?« wollte Mr. High wissen.

»Nein«, widersprach Linda Sherwood. »James bot mir alles, was eine Frau sich nur wünschen kann. Er trug mich gleichsam auf Händen. Natürlich gab es gelegentliche Differenzen. Nichts Schwerwiegendes. Ich war glücklich mit ihm.«

»Weiter«, bat Mr. High. »Bleiben wir bei Brown. Trug er sein Angebot versteckt vor?«

»Im Gegenteil. Er fiel mit der Tür ins Haus. Er forderte für den geplanten Mord an meinem Mann zwanzig Prozent der Erbschaft. Er ließ keinen Zweifel daran, daß er Mitglied eines Killerteams ist, das sich darauf spezialisiert, Menschen zu töten . . . Menschen, die anderen eine große Erbschaft hinterlassen.«

»War Brown über Ihre Vermögensverhältnisse orientiert?« fragte Mr. High.

»Wahrscheinlich. Allerdings nannte er keine Zahlen außer dieser absurden 20-Prozent-Forderung. Er ging, als er erfuhr, daß James tödlich verunglückt war, aber er sagte, daß er wiederkommen werde. Warum? Ich habe keine Ahnung. Jedenfalls entschloß ich mich sofort, mit Ihnen zu sprechen. Ich möchte nicht in den Verdacht geraten, an James' Tod mitschuldig zu sein. Soviel man mir mitteilte, läßt der Unfall erkennen, daß ... nun, daß einiges daran nicht stimmt.«

»Mord?« fragte Mr. High.

Linda Sherwood zuckte zusammen. »Um Himmels willen, nein«, hauchte sie. »Das halte ich für ausgeschlossen. Ich will damit sagen, daß ich es mir nicht vorstellen kann. Ich wüßte kein Tatmotiv. Aber ich weiß jetzt, daß es so etwas gibt. Dieser Lester Brown ...«

Wieder führte sie einen Satz nicht zu Ende. Sie wirkte blaß, erschöpft und verwirrt. Trotzdem schaffte sie es seltsamerweise nicht, unser Mitleid zu wecken. Es war schwer zu sagen, woran es lag.

Vielleicht spürten wir, daß sie einfach zu jung, zu schön und zu vital war, um ernsthaft trauern zu können. Sie hatte schulterlange blonde Haare und graugrüne Augen von aufregendem Schnitt. Ihr voller, weicher Mund vermochte sich noch kindhaft naiv zu geben, aber der schlanke, ausgezeichnet proportionierte Körper offenbarte nichts von diesen Eigenschaften. Er verriet das Vollblutweib.

»Dieser Lester Brown?« erinnerte sie John D. High.

Lind Sherwood blickte Mr. High in die Augen. »Was ist das für ein Mensch?« wollte sie wissen. »Er sprach über Mord, als handelte es sich um ein Wettergespräch! Was mich schockierte, war seine Sicherheit. Er muß davon überzeugt gewesen sein, daß ich für seinen Plan zu gewinnen war . . .« Sie hob die Schulter und schüttelte sich. »Das ist es, was ich nicht begreife. Es wirft mich um! Dieser Lester Brown glaubte im Ernst, mich zu seiner Komplizin machen zu können.«

»Ich vermute, Sie haben ihm deutlich gesagt, was Sie von seinem Angebot halten?« fragte Mr. High höflich.

»Das dürfen Sie mir glauben! Ich bin sehr scharf geworden. Ich drohte ihm mit der Polizei. Aber das rührte ihn nicht. Wir waren allein im Garten. Er war groß und stark und ich . . . nun, ich fühlte mich in meinem Bademantel ziemlich schwach und hilflos. Wenn ich an die Szene zurückdenke, kommt sie mir unwirklich und absurd vor.«

»Sie können den Mann beschreiben?«

»Aber ja! Jedes Fältchen seines Gesichtes. Ich habe es mir genau eingeprägt.«

»Das wird uns helfen«, sagte Mr. High und blickte Phil an. »Würden Sie bitte mit Mrs. Sherwood in die Fahndungsabteilung gehen, Phil? Wenn wir Glück haben, finden wir den Burschen in unserer Kartei.«

Die Frau erhob sich. »Vielleicht können Sie ihm eine Falle stellen, wenn er sich wieder meldet?«

»Daran habe ich gedacht«, nickte Mr. High. »Aber weshalb sollte er sich wieder melden?«

Linda Sherwood holte tief Luft. »Er hat es angekündigt, nicht wahr? Ich habe lange darüber nachgedacht, was ihn dazu veranlaßt haben könnte. Ich glaube zu wissen, was ihn treibt. Er ist ein Mann, der in Kategorien der Gewalt denkt. Ein Mörder! Wenn er in den Zeitungen liest, daß James' schrecklicher Tod einige Fragen offenläßt, wird er prompt vermuten, daß ich getan haben könnte, was er mir – zu spät – im Namen seiner Organisation vorschlagen wollte. Ein Mann wie er kann gar nicht anders denken! Setzen wir einmal den Fall, daß er meint, mich für James' Tod verantwortlich machen zu können. Würde ein Mann wie Lester Brown nicht versuchen, daraus für sich Kapital zu schlagen?«

»Das ist anzunehmen«, nickte Mr. High.

»Er wird sich wieder melden, davon bin ich überzeugt«, meinte die Frau grimmig.

»Unsere Computer werden die Fotos und Karten aussortieren, die Ihrer Beschreibung entsprechen«, sagte Mr. High. »Vielleicht helfen uns diese Ergebnisse schon weiter. Wenn nicht, wird Mr. Decker gemeinsam mit Ihnen festlegen, was getan werden kann, um an diesen Lester Brown heranzukommen.«

Linda Sherwood und Phil verließen das Office. Mr. High schaute mich an. »Well?«

Ich zuckte mit den Schultern. »Nicht mein Typ«, sagte ich.

»Sie sieht blendend aus.«

»Zugegeben, aber ich fürchte, sie hat nicht mehr Gefühl als die Schlangenhaut ihrer Schuhe. Mir kam vorhin ein phantastischer Gedanke. Sie ist möglicherweise ein Rückversicherer. Sie muß etwas tun, um vorzubauen. Vieleicht gibt es diesen Lester Brown gar nicht. Sie hat ihn erfunden, um den Mord an ihrem Mann abschirmen zu können.«

»Das trauen Sie ihr zu?«

»Ja«, sagte ich.

»Ich auch«, meinte Mr. High lächelnd, »aber die Sache hat einen Haken.«

»Nämlich?«

»Egal, ob es diesen Brown gibt oder nicht . . . alles spricht dafür, daß die von Linda Sherwood erwähnte Killerorganisation tatsächlich existiert. Mir liegen verschiedene Meldungen und Hinweise vor, wonach ein syndikatsähnlicher Verband die Partnersuche neuen Stils auf seine Weise umgekehrt und sich darauf spezialisiert hat, Partner zu trennen. Mit Mord und Gewalt, versteht sich. Die Organisation führt dem überlebenden Teil die Erbmasse zu und bereichert sich selbst mit zwanzig Prozent dieser Summe. Da die Organisation sich nur für Millionäre interessiert, können Sie sich leicht errechnen, wie lukrativ dieses Geschäft ist.«

»Witwenmacher«, sagte ich bitter.

»Damit geben sie sich nicht zufrieden«, meinte Mr. High. »Die Organisation ist bedeutend vielschichtiger und differenzierter. Wenn es sein muß, erlöst sie eine habgierige Erbengemeinschaft von einer zählebigen Großmuter, oder einen Geschäftsmann von seinem eigensinnigen Firmenpartner. Diese Organisation arbeitet nicht mit Leuten aus der Gosse. Sie beschäftigt nur Menschen, die sich mit völliger Sicherheit in den Kreisen bewegen können, die sie brauchen, um an die notwendigen Informationen heranzukommen. Es sind keine Gangster, die die High Society angreifen, sondern Verbrecher, die in ihr leben und zu ihr gehören.«

»Das macht es sicherlich schwer, an sie heranzukommen«, sagte ich.

Mr. High nickte. »Das ist«, meinte er, »gewiß auch der Grund, weshalb wir außer vagen Andeutungen nie etwas Konkretes zu erfahren vermochten. Wir haben keine Namen, nicht einmal einen Verdacht. Wir wissen nur, daß diese Organisation existieren muß. Vielleicht gelingt es uns, mit Hilfe von Linda Sherwood an diese Leute heranzukommen. Sie und Phil werden versuchen, dieses Problem zu lösen!«

Linda Sherwood stoppte ihren Maserati vor dem Garagenblock und stieg aus. Das Schlimmste lag hinter ihr. Sie war froh, daß sie sich an den FBI gewandt hatte.

Es war leicht gewesen, diese Leute zu überzeugen. Leicht vor allem deshalb, weil sie sich streckenweise an die Wahrheit gehalten hatte. Sie gratulierte sich dazu, daß es ihr gelungen war, mit Hilfe dieses Besuches ihr eigenes Image aufzubessern. Lester Brown hatte verspielt.

Linda Sherwood betrat den Bungalow durch den Vordereingang. In der Halle kam ihr Howard entgegen. »Mrs. Price erwartet Sie im Salon, Madam.«

Linda Sherwood legte eine Hand auf ihren Mund. Myriam Price! Im Trubel der Ereignisse hatte sie die Verabredung völlig vergessen. Sie überließ dem Butler ihren Hut und die Handtasche und trat Sekunden später über die Wohnzimmerschwelle. Myriam Price erhob sich aus ihrem Sessel und warf ein Magazin beiseite, in dem sie gelesen hatte.

»Du untreue Tomate!« rief sie aus und ging auf Linda Sherwood zu. »Was hat dich abgehalten? Ich habe eine halbe Stunde auf dich gewartet und bin dann mit dem Taxi hergekommen . . .«

Die beiden Frauen umarmten sich. Myriam Price löste sich betroffen von der etwa gleichgroßen Freundin. »Du zitterst ja, Liebste! Was ist geschehen?«

Linda Sherwood ließ sich in einen Sessel fallen. Sie bettete ihren Nacken auf die Lehne und schloß die Augen. »James ist tot«, murmelte sie. »Mit dem Wagen verunglückt.«

»Um Himmels willen«, hauchte Myriam Price. »Warum hat Howard mir nichts davon gesagt?«

»Er weiß es noch nicht.«

Myriam Price setzte sich abrupt. »Du armes, armes

Kind«, meinte sie teilnahmsvoll. »Wann ist es denn passiert?«

»Heute mittag.«

»Wo?«

»Irgendwo in der Nähe von Lattingtown.«

»Wie entsetzlich! Der göttliche James. Oh, Liebste, das muß dich furchtbar getroffen haben.«

»Ich fühle mich wie gerädert«, murmelte Linda Sherwood. »Erst der Besuch im Leichenschauhaus, und dann das Gespräch mit den G-men. . .«

»Mit wem bitte?«

»Mit den G-men«, wiederholte Linda Sherwood und hob mühsam die Lider. »Ich war beim FBI.«

»Warum denn das?« fragte Myriam Price verdutzt.

Sie war groß, schlank und rotblond, eine sehr attraktive Endzwanzigerin in einem blaßgrünen Chanel-Kostüm, deren Schmuck so aussah, als hätte sie ihn nach Gewicht gekauft. Aber der Talmi-Eindruck täuschte. Myriam Price hatte es nicht nötig, sich mit billigem Modeschmuck zu behängen.

»Das ist eine verrückte Geschichte. Nahezu unglaubhaft«, sagte Linda Sherwood. »Ehe mich die Todesnachricht erreichte, kreuzte hier ein Fremder in meinem Garten auf, der mir anbot, mich zur Witwe zu machen.«

»Und er hat es getan?« flüsterte Myriam Price.

»Nein, nein, es war, wenn du so willst, eine Duplizität der Ereignisse. Der Mann hat nichts mit James' Tod zu tun, aber er machte keinen Hehl daraus, daß er . . . nun, daß er James töten würde, wenn ich damit einverstanden wäre und ihm zwanzig Prozent der Erbmasse überließe.«

»Phantastisch!« staunte Myriam Price, in deren Augen sich ein seltsames Glitzern entzündete. »Aber wieso hat er sich ausgerechnet an dich herangemacht?«

»Er behauptete, meine Ehe sei unglücklich.«

»Das war sie doch nie – oder?« fragte Myriam Price ein wenig atemlos.

»Natürlich nicht«, erwiderte Linda Sherwood müde und schloß erneut die Augen.

Ich werde Migräne vortäuschen und mich zurückziehen, beschloß sie. Myriam muß verstehen, daß ich jetzt nicht in der Stimmung bin, mich mit ihr zu unterhalten.

»Du äußerst das in einem so merkwürdigen Tonfall«, meinte Myriam Price stirnrunzelnd. »War zwischen euch etwas nicht in Ordnung?«

»In jeder Ehe gibt es hin und wieder Schwierigkeiten«, sagte Linda Sherwood.

»Mir brauchst du das nicht zu erzählen«, erklärte Myriam Price bitter. »Mich hat die Ehe ruiniert. Ganz im Ernst! Ich bin nur noch ein Ranger Girl aus Texas. Es ist zum Heulen! Warum muß es so großartige Menschen wie James treffen, während Kerle wie mein Alter einfach nicht ans Sterben denken wollen?«

»Myriam!«

»Entschuldige bitte, Liebste. Ich weiß, daß meine Worte sehr häßlich klingen, aber ich fange wirklich an, meinen Mann zu hassen. Warum ist er nur so ein Bauer? Du hast keine Ahnung, welche Kämpfe es mich gekostet hat, diesen kleinen Urlaub in New York durchzuboxen!«

»Du solltest dich an Lester Brown wenden«, meinte Linda Sherwood spöttisch.

»Wer ist denn das?«

»Der Mann, der heute bei mir war. Der Killer.«

»Er hat sich mit vollem Namen vorgestellt?« wunderte sich die Besucherin.

»Mit einem falschen Namen«, sagte Linda Sherwood

und öffnete die Augen. »In Wahrheit heißt er Lester Prater.«

Myriam Price setzte sich kerzengerade auf. Sie starrte der Freundin in die Augen. »Du kennst ihn?«

»Erst seit einer Stunde«, erwiderte Linda Sherwood. »Ich fand seine Karteikarte beim FBI.«

»Wieso hast du dich an den FBI gewendet?« wollte Myriam Price wissen.

»Was Prater mir gegenüber äußerte, ließ darauf schließen, daß er einer schlagkräftigen Organisation angehört. Bandenverbrechen fallen in den Zuständigkeitsbereich des FBI«, erwiderte Linda Sherwood.

»Ja, richtig, Prater, Prater? Der Name kommt mir bekannt vor«, sagte Myriam Price.

»Kein Wunder«, meinte Linda Sherwood. »Du kennst den Mann.«

Myriam Price zuckte kaum merklich zusammen. »Machts du Witze?« fragte sie.

Linda Sherwood schüttelte den Kopf und umspannte die Armlehnen des Sessels mit ihren Händen. »Ich habe das meiste von dem vergessen, was auf Praters Karte stand, aber mir ist in Erinnerung geblieben, daß er unter anderem dem New Addington Golf Club angehört. Vor deiner Eheschließung warst du doch Mitglied dieses Klubs, nicht wahr?«

»Ja, vor fünf Jahren«, erwiderte Myriam Price. »Lester Prater? Mein Gott, ich brenne darauf, zu wissen, wer er ist! Schließlich kann nicht jeder von sich behaupten, einen Mörder zu kennen oder gekannt zu haben. Bitte beschreibe ihn mir.«

Linda Sherwood zeichnete mit wenigen Worten ein präzises Bild des Mannes. Myriam Price seufzte enttäuscht. »Er muß gut aussehen. Ich würde mich bestimmt an ihn erinnern, wenn er mir damals begegnet wäre. Leider muß ich passen. Eines verstehe ich nicht. Wie kommt ein Gangster dazu, Mitglied eines so exklusiven Klubs zu werden? Es war damals verdammt schwer, dem Klub beizutreten. Ich mußte eine Menge Referenzen auftreiben, um akzeptiert zu werden.«

»Oh, Lester Prater ist mit Sicherheit ein Mann unserer Kreise«, sagte Linda Sherwood.

»Was geschieht jetzt mit ihm?« fragte Myriam Price.

Linda Sherwood blickte auf ihre Uhr. »Vermutlich führen sie ihn bereits ab«, sagte sie.

»Der schlägt uns um Längen«, sagte Phil, als ich meinen Jaguar an den Straßenrand lenkte.

»Worin?« fragte ich und zog den Zündschlüssel ab.

»Im Wohnkomfort. Im Einkommen. Sieh dir nur an, wie der Bursche lebt! Sein Bungalow gehört zur Achtzigtausend-Dollar-Klasse.«

Ich stieg aus und streckte mich. Die stille, gepflegte Vorortstraße von White Plains im Norden New Yorks war von repräsentativer Breite. Repräsentativ waren auch die Grundstücke, die sie säumten, und die Fahrzeuge, die an ihrem Rande parkten.

»Wenn es stimmt, was Linda Sherwood uns gesagt hat, wird er seinen Bungalow mit einem Einzimmerappartement im Staatsgefängnis vertauschen müssen«, sagte ich.

Phil steckte sich eine Zigarette an, als wir auf Praters Haus zuschritten.

Im Vorgarten arbeitete ein Gärtner. Ein brandneuer Sprinkler versprühte Kaskaden glitzernder Wassertropfen, und von irgendwoher wehten die Klänge eines voll aufgedrehten Kofferradios.

»Abendstimmung in White Plains«, sagte Phil, als

wir an Praters Tür klingelten. »Ohne dein Gesicht wäre es direkt romantisch.«

Die Tür öffnete sich. In ihrem Rahmen erschien ein muskulöser, schmalhüftiger Bursche von dreißig Jahren. Er trug eine verknitterte Popelinhose, ein weißes Polohemd und braune, ausgetretene Lederslipper. In seiner Rechten hielt er eine brennende Pfeife. Sein braungebranntes Gesicht zeigte verhaltene Freundlichkeit. »Was kann ich für Sie tun?« fragte er.

Ich hielt ihm meine ID-Card unter die Nase.

Lester Prater gab sich weder überrascht noch erschreckt. Schweigend führte er uns in sein Wohnzimmer. Der große Raum war modern möbliert und roch förmlich nach den Einfällen eines Innenarchitekten. Er war viel zu elegant, um echte Persönlichkeit ausstrahlen zu können, aber er bewies, daß sein Eigentümer nicht an Geldmangel litt.

»Nehmen Sie Platz«, bat er.

Die zum Garten weisenden Terrassentüren standen offen. Im Schatten einer gelben Markise standen ein Tisch und zwei Stühle. Auf dem Tisch spielte ein Kofferradio.

Lester Prater ging hinaus und stellte es ab. Dann kehrte er zurück und setzte sich uns gegenüber.

»Was kann ich für Sie tun?«

»Wir wüßten gern, wo Sie sich heute mittag um zwölf Uhr aufgehalten haben«, sagte Phil.

»Mich drängt es danach, zu fragen, weshalb Sie das wissen wollen«, meinte er beinahe heiter, »aber ich will brav sein und zuerst Ihre Neugierde stillen. Ich war zu Hause.«

»Gibt es Zeugen dafür?«

»O ja«, sagte er. »Den Gärtner. Soll ich ihn hereinrufen?«

Phil erhob sich. »Danke, nicht nötig. Ich spreche mit ihm.« Er ging hinaus. Lester Prater nuckelte an seiner Pfeife. Er machte einen amüsierten, gelösten Eindruck. Es schien fast so, als betrachtete er unseren Besuch als willkommene Abwechslung.

»Sie wollen mein Alibi«, stellte er fest. »Warum?«

»Eine Zeugin behauptet, daß Sie um zwölf Uhr bei ihr waren«, sagte ich.

»Wo?«

»Draußen in Long Island.«

»Kenne ich die Frau?«

»Ich habe keinen Grund, Ihnen ihren Namen zu verschweigen. Sie heißt Linda Sherwood.«

»Hübscher Name«, sagte er. »Ich neige dazu, einen Namen stets auszuschmücken. Meine Phantasie zeichnet das Gesicht seines Besitzers oder seiner Besitzerin hinzu. Ich könnte mir vorstellen, daß diese Linda Sherwood hübsch ist. Sehr hübsch sogar.«

»Stimmt«, sagte ich.

»Ist sie tot?«

»Nein, aber sie hat heute ihren Mann verloren.«

»Mord?«

»Was bringt Sie darauf?«

»Na, hören Sie mal! Der FBI bearbeitet schließlich keine Bagatellfälle.« Er grinste plötzlich. »Gehört Linda Sherwood zu dem Typ, der nach Trost verlangt? Ich wäre unter Umständen gern bereit, ihr zu helfen.«

»Im Augenblick hat sie dafür wohl keinen Bedarf«, sagte ich. »Sie kommt nicht darüber hinweg, daß Sie ihr heute mittag den Vorschlag machten . . .«

»Moment bitte«, fiel er mir ins Wort. »Ich höre den Namen Linda Sherwood zum ersten Mal. Das möchte ich ausdrücklich festhalten. So, jetzt können Sie weitersprechen.«

»Mrs. Sherwood behauptet, daß Sie ihr das Angebot machten, ihren Mann aus dem Weg zu räumen ... vorausgesetzt, daß sie bereit sei, Ihnen zwanzig Prozent der zu erwartenden Erbschaft abzutreten.«

»Ah«, meinte er, nicht im geringsten verdutzt oder beeindruckt. »Und das glauben Sie ihr?«

»Mrs. Sherwood lieferte uns eine sehr genaue Beschreibung von Ihnen. Später fanden wir in unserer Kartei Ihre Akte. Die Daten und Ihr Foto deckten sich mit Linda Sherwoods Angaben.«

»Tja, so ist das, wenn man vorbestraft ist«, seufzte er. »Dabei war ich nur ein einziges Mal in eine Rauschgiftsache verwickelt! Das Ganze liegt vier Jahre zurück. Heute würde man es nur noch als Kavaliersdelikt ahnden.«

»Rauschgifthandel ist alles andere als das«, stellte ich fest.

»Ich habe niemals mit dem Zeug gehandelt!« entgegnete er. »Man hat allerdings ein halbes Pfund Koks bei mir gefunden. Ich hatte es jedoch lediglich für einen Freund in Verwahrung genommen.«

»Sie waren außerstande, dem Gericht den Namen dieses Mannes zu nennen.«

»Ich wollte ihn nicht nennen«, sagte er. »Ich bin kein Mann, der seine Freunde verpfeift.«

»Freunde, die mit Rauschgift handeln, sollte man aus seinem Bekanntenkreis tilgen«, sagte ich. »Wovon leben Sie, Mr. Prater?«

»Von dem Geld, das mir eine verstorbene Tante vermacht hat«, meinte er. »Ich spekuliere ein bißchen an der Börse. Mit gutem Erfolg, wie ich glaube. Wenn Sie Wert darauf legen, zeige ich Ihnen die Bankauszüge.«

Phil kehrte zurück. »Ich denke, wir können gehen«, sagte er. »Der Gärtner bestätigt Mr. Praters Angaben.«

»Moment mal«, meinte Lester Prater und erhob sich. »Jetzt habe ich einige Fragen. Kann eine Frau wie diese Linda Sherwood einen unbescholtenen Mann so einfach beschuldigen? Es muß doch ein Gesetz geben, das einen Bürger dieses Landes davor bewahrt, von kriminellen Elementen verfolgt zu werden!«

Seine Stimme nahm rasch wieder ihren normalen Tonfall an. Er wirkte sogar amüsiert, als er fragte: »Wissen Sie, wofür ich diese Frau halte? Für die Mörderin ihres Mannes! Ganz im Ernst. Glauben Sie bitte nicht, daß ich mich mit einer billigen Retourkutsche zu rächen versuche. Ich denke nur logisch. Ich bemühe mich, das Handeln dieser Frau zu entschlüsseln. Ich glaube, sie hat ihren Mann auf dem Gewissen und hofft, die Polizei bluffen zu können, indem sie ihr diese unwahrscheinliche Geschichte auftischt. . .«

»Eine Frage«, sagte ich. »Warum hätte Linda Sherwood ausgerechnet auf Sie kommen sollen?«

»Ein Zufall«, meinte er. »Es begann mit einer Idee von ihr. Erinnern Sie sich an das, was ich Ihnen von meiner gesichterzeichnenden Phantasie sagte? Mit Linda Sherwood verhält es sich ähnlich. Sie malte sich ein Gesicht aus und tippte später auf das erstbeste Foto, das ihrer Beschreibung entsprach. Darf ich Ihnen etwas vorschlagen, Gentlemen?«

»Bitte«, sagte ich.

»Veranlassen Sie sofort eine Gegenüberstellung«, meinte Lester Prater. »Fahren wir zu ihr! Statten wir dieser Dame einen Besuch ab.«

»Jetzt?« fragte ich.

»Sofort!« meinte er.

»Mrs. Sherwood kann für ihre Angaben keine Zeugen aufbringen«, stellte ich fest. »Im Gegensatz zu Ihnen. Damit sind Sie der Frau gegenüber im Vorteil.«

»Mir geht es nicht um formaljuristische Pluspunkte«, sagte Lester Prater. »Ich möchte aber die Frau kennenlernen, die mich als Alibi für ihren Gattenmord zu benutzen versucht. Es wird gewiß auch für Sie interessant sein, wie sie sich während dieser Gegenüberstellung benimmt.«

»Okay«, willigte ich ein. »Fahren wir zu ihr.«

»Gehen Sie voran, bitte«, meinte er. »Ich ziehe mir nur rasch etwas anderes an.«

Ich verließ mit Phil den Bungalow. »Flitze um das Haus herum«, sagte ich. »Versuche festzustellen, ob er mit jemand telefoniert.« Phil hastete davon.

Ich durchquerte den Vorgarten und setzte mich kurz darauf in meinen Jaguar. Phil traf eine Minute später ein. »Er hat nicht telefoniert. . . jedenfalls nicht aus dem Wohnzimmer«, sagte er.

»Welchen Eindruck machte der Gärtner auf dich?« wollte ich wissen.

»Einen guten«, sagte Phil. »Er ist ein einfacher Mann mit harten, verarbeiteten Händen. Einer von denen, die Mühe haben, zusammenhängende Sätze zu äußern. Nicht dumm, aber ungehobelt und unbeholfen. Wenn er vor Gericht die Schwurhand erheben sollte, wird kein Mensch im Saal daran zweifeln, daß dieser Mann die Wahrheit sagt.«

»Glaubst du ihm?«

»Schwer zu sagen«, meinte Phil. »Warten wir erst einmal ab, was die Gegenüberstellung einbringt. Was hältst du von unserem Playboy?«

»Prater ist knallhart und clever«, sagte ich. »Dabei charmant und verbindlich. Ein Junge, der bei Frauen Glück hat. Aber kein Killer.«

»Findest du? Da bin ich anderer Ansicht. Prater traue ich alles zu.«

»Keinen Mord«, sagte ich. »Dafür ist er zu raffiniert. Die Schmutzarbeit überläßt er anderen.«

»Da kommt er«, sagte Phil. »Tipptopp in Schale. Eine Augenweide. Hat er dir erklärt, wovon er lebt?«

»Angeblich hat er ein Tantchen beerbt.«

»Der wonnige Knabe! Warum haben wir keine Erbtanten in unseren Familien?«

»Wer sagt dir, daß ich keine habe?«

»Ich würde vor Neid platzen«, sagte Phil. »Nicht auszudenken wäre das! Du würdest faul werden und dir einbilden, alle Arbeit mir überlassen zu können.«

»Das wäre der sicherste Weg, alles zu ruinieren«, spottete ich und öffnete den Wagenschlag. »Nehmen Sie Platz, Mr. Prater!«

»Donnerwetter«, sagte er. »Ist das Ihr Wagen?«

»Jerry hat eine reiche Erbtante«, meinte Phil.

Lester Prater lachte. »Meinen Glückwunsch.«

»Sie lebt noch«, sagte ich.

»Wie du weißt, gibt es ein probates Mittelchen, dieses Problem zu lösen«, stichelte Phil. »Du mußt dich nur an die richtigen Leute wenden.«

»Wovon spricht er?« fragte Lester Prater.

»Von Ihnen. . . beziehungsweise von dem Lester Prater, den uns Linda Sherwood schilderte.«

»Von dem Phantom mit meinem Namen«, sagte er. »Ich bin gespannt auf die Begegnung!«

Als wir vor Linda Sherwoods Bungalow eintrafen, dämmerte es bereits. Im Haus brannte Licht. Ich klingelte. Der Butler öffnete. »Bedaure, meine Herren«, sagte er, »aber ich habe von Mrs. Sherwood strikte Weisung erhalten, keine Besucher vorzulassen. Mr. Sherwood ist einem Unfall erlegen. Sie werden verstehen, daß die gnädige Frau sich außerstande sieht, irgend jemand zu empfangen.«

»Mit uns wird sie eine Ausnahme machen«, sagte ich und zeigte ihm meinen Ausweis.

Seine Augen weiteten sich. »Treten Sie näher«, sagte er mit leicht frostig wirkender Stimme. »Ich will versuchen, ob ich etwas für Sie erreichen kann.«

Wir betraten die Halle. Der Butler ging davon und kehrte eine Minute später zurück. »Darf ich Sie in den Salon bitten?« fragte er. »Mrs. Sherwood steht Ihnen in wenigen Minuten zur Verfügung.«

Kurz darauf öffnete sich die Tür. Linda Sherwood betrat den Raum. Sie trug einen Kaminrock aus schwarzem Samt und eine dazu passende Abendbluse aus weißem Brokat.

Ich merkte, wie sich Lester Prater beim Anblick der jungen Frau straffte.

Linda Sherwood kam mit raschen Schritten näher. Sie war stark geschminkt. Die Augen unter den bläulich schimmernden Lidschatten hatten einen fremden, metallischen Glanz. »Mr. Cotton, Mr. Decker. . .« begann sie und blieb abrupt stehen, als ihr Blick auf Lester Prater fiel.

»Das ist Mr. Prater«, sagte ich.

Linda Sherwood atmete rasch. Sie musterte Lester Prater prüfend. »Nein, das ist ausgeschlossen«, sagte sie. »Das ist nicht der Mann, den ich auf dem Foto identifizierte.«

»Doch, das ist er«, sagte ich.

»Das Foto sah anders aus. Ganz anders!«

»Es war mindestens fünf Jahre alt.«

Linda Sherwood schüttelte den Kopf. »Das ist nicht der Mann, der mich heute mittag besuchte«, meinte sie.

»Na, wunderbar«, äußerte Lester Prater und grinste matt. »Da bin ich ja rehabilitiert.«

»Sie sehen dem Mann ähnlich«, sagte die Frau.

»Gleiche ich ihm wie ein Ei dem anderen?« fragte Lester Prater spöttisch.

»Nein. Nur im Typ. Die Augen. Das Haar. Aber Sie sind es nicht. Ich hoffe, meine dem FBI gegenüber gemachten Angaben haben Ihnen keine Unannehmlichkeiten verursacht.«

»Nicht der Rede wert«, winkte er ab. »Der Vorfall war eine amüsante Unterhaltung des täglichen Einerleis.«

»Mr. Prater hat für die von Ihnen genannte Zeit ein Alibi«, sagte Phil zu Mrs. Sherwood.

»Er braucht es nicht«, meinte sie. »Er ist nicht der Mann, von dem ich sprach. Was werden Sie jetzt tun?«

»Wir lassen uns schon etwas einfallen«, versicherte ich ihr.

»Ich muß mich bei Ihnen entschuldigen, Madam«, sagte Lester Prater.

»Wofür?« fragte Linda Sherwood erstaunt.

»Ich wollte den Beamten beweisen, wie klug ich bin«, sagte er. »Ich fürchte, ich habe eine Menge Unsinn geschwätzt. Ich habe behauptet, Sie seien eine Mörderin.«

»Um Himmels willen – warum denn das?«

»Die Herren werden es Ihnen erklären«, meinte er. »Aber das ist vorbei. Ich bin Menschenkenner. Ich sehe, daß ich unrecht hatte, und bitte Sie, meine ausschweifende Phantasie entschuldigen zu wollen.«

»Wir sind quitt«, sagte Linda Sherwood lächelnd.

»Es hat mich gefreut, Sie kennenzulernen«, meinte Lester Prater und deutete erst der Frau und dann Phil und mir gegenüber eine knappe Verbeugung an. »Wenn Sie erlauben, ziehe ich mich jetzt zurück. Gute Nacht!«

Er machte kehrt und verließ den Raum. Draußen war es inzwischen dunkel geworden.

Linda Sherwood griff nach einer Zigarette. Ich gab ihr Feuer. »Danke«, sagte sie und inhalierte tief. »Es ist meine Schuld, fürchte ich. Ich hätte Mr. Prater nicht in diese Situation bringen dürfen. Zum Glück hat er mit Gelassenheit reagiert. Die nächsten Fotos sehe ich mir genauer an.«

»Hat sich dieser Lester Brown noch einmal gemeldet?« frage Phil.

»Nein«, erwiderte die Frau. »Was brachte Mr. Prater auf den Gedanken, mich des Mordes zu verdächtigen?«

»Er hielt Ihren Besuch im Distriktbüro für ein Ablenkungsmanöver«, sagte ich.

Linda Sherwood schüttelte den Kopf. Sie sah müde und verbittert aus. »Was für ein Tag«, seufzte sie. »Ich werde ihn nie vergessen. Nie!«

Plötzlich zuckte sie zusammen. Der Schrei ließ Phil herumwirbeln. »Was war das?« stieß er hervor.

Ich riß die Tür auf und stürmte in die Halle.

Der Schrei wiederholte sich. Er kam aus dem kurzen Flügel des L-förmig angelegten Bungalows. Ich rannte den beleuchteten Korridor hinab und stoppte jäh, als sich nur wenige Schritte vor mir eine Tür öffnete.

Eine Frau torkelte heraus. Ihr Gesicht war von Schmerz und Entsetzen verzerrt. Sie preßte eine Hand gegen ihre linke Schulter. Zwischen den Fingern ragte der weiße Plastikgriff eines Messers hervor. Durch ihre Finger sickerte Blut.

Die Frau war jung und rotblond. Sie trug einen grünen Tweedrock und eine farblich dazu passende Bluse aus Honanseide. Sie hatte Mühe, sich auf den Beinen zu halten. Hinter mir eilten Schritte heran.

»Kümmere dich um sie!« rief ich Phil zu.

Ich hastete in das dunkle Zimmer. Die Terrassentür stand weit offen. Ich holte tief Luft, als ich im Freien stand, und schaute mich um. Auf der Terrasse brannte eine Lampe, aber ihr Lichtkreis endete schon wenige Yards jenseits der plattenbelegten Hauszone. Dahinter staute sich tiefes Dunkel.

Ich hörte das Knacken eines Zweiges und rannte los. Vor mir leuchtete ein Feuerblitz auf. Ich warf mich zu Boden, noch ehe der Knall mein Ohr erreichte. Hinter mir schlug ein Geschoß in die Hausfassade.

Jemand rannte durch den Garten davon. Ich jumpte hoch und folgte den Geräuschen.

Ich stolperte einige Male, kam jedoch nicht zu Fall. Die Zweige von Büschen und Bäumen peitschten mir schmerzhaft ins Gesicht. Ich kümmerte mich nicht darum und hastete weiter. Schwer atmend erreichte ich das von einem übermannshohen Drahtzaun abgesicherte hintere Grundstücksende. Lauschend blieb ich stehen. Stille.

Geduckt bewegte ich mich an dem Zaun entlang vorwärts. Ich stoppte wiederholt dabei und achtete darauf, daß ich möglichst keine Geräusche verursachte. Das Gartengrundstück war relativ groß. Es war denkbar, daß der Unbekannte sich im Schutz der Dunkelheit versteckt hielt und auf eine Chance lauerte, seine Flucht fortzusetzen. Wenn ich kehrtmachte, um eine Taschenlampe oder Hilfe zu holen, konnte er ungestört über den hohen Zaun klettern.

Ich sah die Terrassenlampe durch die Büsche schimmern und spannte meine Muskeln, als ich in ihrem Licht plötzlich eine Bewegung sah.

Einen Mann.

Er war nur wenige Schritte von mir entfernt. Im nächsten Moment hörte ich ihn verhalten atmen. Wenn er wußte, wo ich mich in diesem Moment befand, hatte ich seinem Schießeisen gegenüber keine Chance.

Langsam bewegte er sich auf mich zu. Ich war ihm gegenüber in einem gewissen Vorteil, weil ich vor einem pechschwarzen Hintergrund stand, während sich seine Konturen vor der Terrassenlampe einigermaßen deutlich abzeichneten.

Ich ließ genau im richtigen Moment meine Rechte vorschnellen. Ich verzichtete dabei auf die Spielregeln der Fairneß, sondern schlug mit aller Kraft zu. Mit einem Grunzlaut brach der Mann in die Knie. Ich setzte einen Karateschlag hinterher und hörte, wie der Unbekannte mit seinem Oberkörper nach vorn kippte. Ich beugte mich über ihn und klopfte ihn nach Waffen ab. Er hatte keine bei sich.

Vermutlich hatte er seine Pistole bereits über den Zaun geworfen, oder irgendwo zwischen den Büschen im Garten versteckt. Ich nahm seine Brieftasche an mich. Er stöhnte leise. Ich holte mein Gasfeuerzeug aus der Tasche, drehte die Flamme hoch und leuchtete dem Mann ins Gesicht.

Ich sah ihn zum erstenmal. Er hatte hagere, ziemlich nichtssagende Züge, eine schmale Nase mit Operationsnarbe, einen verkniffenen Mund und fast weiße Augenlider. Ich schätzte ihn auf siebenundzwanzig. Bekleidet war er mit dunklen Cordhosen, einem Rollkragenpullover und einer Jacke aus schwarzem Kunstleder.

Er hob blinzelnd die Lider und starrte in die Feuerzeugflamme.

»Stehen Sie auf«, sagte ich ruhig.

Seine Erinnerung setzte ein. Er runzelte die Augenbrauen und schien wenig Lust zu verspüren, sich zu erheben. »Wer sind Sie?« fragte er mich.

»Das erfahren Sie noch früh genug. Lassen Sie uns ins Haus gehen.«

Widerstrebend richtete er sich auf. Ich nahm das brennende Feuerzeug in die Linke, bereit, bei einem eventuellen Angriff zu kontern. Der Mann strich sich mit dem Ellenbogen über die Stirn. Dann machte er kehrt und trottete auf das Haus zu. Ich blieb dicht hinter ihm.

Noch ehe wir die Terrasse erreicht hatten, wirbelte er plötzlich auf seinen Absätzen herum. Ich ließ das Feuerzeug fallen und nahm die Deckung hoch.

Der Angriff des jungen Mannes konnte mich nicht überraschen, aber mich erstaunte die Wucht und Härte, die er nach dem kaum ausgestandenen Niederschlag demonstrierte.

Er erwies sich als ein routinierter Schläger, der es geschickt verstand, seine Aktion mit unsauberen, gefährlichen Tiefschlägen anzureichern. Ich hatte alle Hände voll zu tun, um seine brisanten Attacken abzuwehren.

Er verschoß sein Pulver ziemlich rasch. Seine Schläge hatten plötzlich keinen Dampf mehr. Er erkannte, daß für ihn in dieser Auseinandersetzung nichts mehr drin war. Ich zählte ihn stehend aus. Er torkelte zurück und hob zum Zeichen seiner Kapitulation beide Hände.

»Schon gut«, keuchte er. »Sie haben gewonnen.«

Phil erschien auf der Terrasse und übersah mit einem Blick die Situation. »Ist er das?«

»Ich denke schon«, erwiderte ich nickend. »Wie geht es der Frau?«

»Ich habe ihr einen Notverband verpaßt«, meinte Phil. »Der Arzt ist bereits unterwegs. Es ist nur eine Fleischwunde, allerdings ziemlich tief. Nichts Ernsthaftes.«

»Wer war die Frau?« wollte ich wissen.

»Myriam Price, eine Freundin von Mrs. Sherwood«,

antwortete Phil. »Mrs. Sherwood hatte ihr angeboten, die Nacht hier draußen zu verbringen. Myriam Price stammt aus Texas.«

Ich blickte dem völlig ausgepumpt wirkenden Mann in die Augen. Im Licht der nahen Terrassenlampe schimmerten sie wie polierter Onyx. »Warum haben Sie es getan?« fragte ich.

»Was getan?« fragte er.

»Die Frau mit dem Messer niedergestochen«, sagte ich.

Er starrte mich an. »Sie spinnen«, meinte er. »Ich habe nichts damit zu tun. Wahrscheinlich war es der Knalljohnny.«

»Wer?« fragte ich.

»Der Knalljohnny«, wiederholte er. »Der Kerl, der auf Sie geschossen hat.«

»Haben Sie ihn gesehen?«

»Nein, nur gehört. Als ich merkte, was hier los war, wollte ich mich aus dem Staub machen, aber das klappte leider nicht.«

»Ein hübsches Märchen, beinahe glaubhaft«, spottete ich. »Gehen wir hinein.«

Myriam Price lag im Wohnzimmer auf der Couch. Sie hatte sich eine blaßrosa Wolldecke bis an das Kinn gezogen und war leichenblaß. Linda Sherwood saß am Kopfende des Polstermöbels und rauchte eine Zigarette.

»Hier haben wir ihn«, stellte ich den jungen Mann vor und öffnete seine Brieftasche. Sein Führerschein steckte unter einer Zelluloidfolie. ›Henry Carsson‹, las ich. ›Sechsundzwanzig Jahre alt, wohnhaft in der Jamaica Avenue.‹

»Wer ist das?« wollte Myriam Price wissen.

»Erkennen Sie ihn nicht wieder?« fragte ich.

»Es war dunkel im Zimmer«, sagte sie. »Ich habe den Mann nicht erkannt.«

»Zeigen Sie mir Ihre Hände«, herrschte ich Carsson an. Er streckte sie mir entgegen. Die Nägel waren kurz und nicht ganz sauber, aber es befand sich kein Blut daran.

»Was wollten Sie hier?« fragte ich ihn.

Er ließ die Hände fallen. Seine Mundwinkel zuckten bitter. »Dreimal dürfen Sie raten!«

»Ruf die Polizei«, bat ich Phil.

»Schon geschehen«, meinte er. »Sie ist unterwegs.«

»Geben Sie mir eine Zigarette«, murmelte Henry Carsson.

Phil hielt ihm ein offenes Päckchen unter die Nase. Carsson bediente sich. Ich gab ihm Feuer.

»Ich sag's nicht gern«, meinte Carsson, nachdem er ein paar Züge gemacht hatte, »aber ich bin ein Spanner. Es macht mir Spaß, andere Leute zu beobachten.«

»Er hat sich eine hübsche Geschichte einfallen lassen«, meinte Phil. »Findest du nicht auch? Er glaubt, daß er damit durchkommen und die kleinste Strafe kassieren wird.«

»Es ist keine Geschichte, es ist die Wahrheit«, entgegnete Henry Carsson wütend.

»Vorbestraft?« fragte ich ihn.

»Nein«, behauptete er.

»Wir prüfen das nach«, warnte ich ihn.

Er zuckte mit den Schultern und schaute sich in dem elegant möblierten Raum um. Ich sah, wie sehr ihn der zur Schau gestellte Reichtum beeindruckte.

»Warum haben Sie sich ausgerechnet meinen Garten als Spielwiese ausgesucht?« wollte Linda Sherwood wissen.

»Es hätte ebensogut ein anderer werden können«,

erwiderte Carsson. »Ich bin fast jeden Abend unterwegs. Vielleicht ist es dumm, das zuzugeben, aber mich reizt es nun mal, in fremde Schlafzimmer zu schauen. Ich tue niemand damit weh.«

»Sie verletzen die Intimsphäre anderer Menschen«, sagte ich.

»Wenn schon!« meinte er.

Ich fragte mich, ob er log oder ob es tatsächlich noch einen zweiten Mann im Garten gegeben hatte. Es war durchaus möglich, daß der Zufall zwei Ganoven auf dem Grundstück zusammengeführt hatte, wenn auch mit unterschiedlichen Zielen.

»Wie fühlen Sie sich?« fragte ich Myriam Price.

»Ich weiß es nicht«, flüsterte sie und schloß ihre Augen. »Ich habe Angst, darüber nachzudenken. Über meinen Zustand. Den Überfall. Ich versuche einfach abzuschalten. Es war eine schreckliche Erfahrung, die schrecklichste meines Lebens.«

»Schildern Sie uns bitte genau, was sich in dem Zimmer ereignete«, bat ich sie.

Myriam Price hob ihre Lider und schaute mich an. »Ich hatte mich hingelegt«, sagte sie. »Ich wollte vor dem Abendessen ein wenig ruhen. Irgend etwas weckte mich, ich wurde auf einmal hellwach und nervös. Ich war außerstande, den Grund dafür zu nennen. Wahrscheinlich waren es die Gedanken an das Schicksal des armes James, vielleicht war es die fremde Umgebung . . . oder ich spürte plötzlich die herannahende Gefahr.«

»Knipsten Sie das Licht an?« fragte ich.

»Nein, aber ich stand auf, entzündete mir eine Zigarette und betrat die Terrasse. Ich blieb nicht lange dort. Nur eine Minute. Dann kehrte ich in das Zimmer zurück und legte mich erneut hin. Plötzlich hörte ich leise Schritte. Ein Schatten zeichnete sich auf den Vorhängen der offenen Terrassentür ab . . .«

Sie unterbrach sich, schluchzte kurz und fuhr dann leise fort: »Was dann kam, ging furchtbar schnell. Ich hatte keine Angst. Ich dachte, der Schatten würde von dem Butler erzeugt. Im nächsten Moment kam der Mann herein und direkt auf mich zu. Er muß die Augen einer Katze gehabt haben, sonst hätte er mich im Dunkel nicht wahrnehmen können. In diesem Moment sprang mich die Furcht an. Eine Sekunde später spürte ich das Messer zwischen meinen Schulterblättern. Ich dachte: Jetzt ist es aus! Ich schrie und sprang auf. An mehr erinnere ich mich nicht.«

»Der Mann hat nichts gesagt?« schaltete Phil sich ein.

»Kein Wort«, antwortete Myriam Price.

»Sie sahen seinen Schatten«, sagte ich. »Ein Schatten verrät vielerlei. Die ungefähre Größe eines Mannes, seine Figur, sogar einige typische Merkmale seiner Bekleidung. Hatte der Mann einen Hut oder eine Mütze auf?«

»Nein.«

»War er groß oder klein?«

»Mittelgroß, würde ich sagen. Schlank.«

»So wie Mr. Carsson?«

»So wie Mr. Carsson«, bestätigte sie und bewegte wie schnüffelnd die Nase. »Aber Mr. Carsson war es nicht.«

»Ich denke, Sie haben den Mann nicht gesehen?«

»Mr. Carssons Kunstlederjacke strömt einen scharfen Geruch aus«, sagte die Frau. »An diesen Geruch würde ich mich erinnern können.«

»Na, bitte!« meinte Henry Carsson aufatmend. »Ich habe nichts damit zu tun.«

»Das wird sich noch herausstellen«, dämpfte ich seinen Triumph. »Vielleicht waren Sie ein Helfer des Messerstechers.«

»Ich bin kein Gangster!« protestierte er.

»Wo ist Ihre Handtasche?« fragte ich Myriam Price.

»Ich hatte sie bei mir, als ich mich hinlegte . . .« murmelte sie und begriff, was ich meinte. Phil war auf dem Weg zur Tür. »Ich sehe nach, ob sie noch da ist.«

»Ich kann mir nicht vorstellen, daß man jemand mit einem Messer niedersticht, um an seine Handtasche heranzukommen«, sagte Linda Sherwood.

Ich blickte sie an. »Welche Erklärung haben Sie für den Überfall?«

»Mir ergeht es so ähnlich wie Myriam«, antwortete sie müde. »Ich weiche gezielten Gedankengängen aus und lasse mich treiben. Wenn ich mir vor Augen halte, was geschehen ist, und wenn ich mich dann frage, warum es passieren mußte, drehe ich durch. Es gibt keine plausible Antwort darauf, es ist zuviel für mich! Erst der Besuch dieses entsetzlichen Lester Brown, dann die Nachricht vom Tode meines Mannes . . . und nun der Überfall auf meine Freundin Myriam! Halten Sie es für möglich, daß die Attacke mir gegolten haben könnte?«

Ich zuckte mit den Schultern. »Daran habe ich auch schon gedacht. Aber es ist sehr schwer, Sie mit Mrs. Price zu verwechseln. Sie sind blond. Mrs. Price ist rothaarig.«

»Für jemand, der mit dem Auftrag losgeschickt wurde, mich aus dem Weg zu räumen, war das sicherlich bedeutungslos«, meinte Linda Sherwood. »Er hielt die Frau, die er auf der Terrasse sah, zwangsläufig für mich.«

»Warum sollte dich jemand töten wollen?« fragte Myriam Price.

»Und warum dich?«

»Ich weiß es nicht«, seufzte Myriam Price. »Vielleicht war es ein Verrückter.«

»Kann ich jetzt gehen?« fragte Henry Carsson. »Sie haben meine Papiere. Wenn Sie wollen, können Sie Anzeige gegen mich erstatten. . .«

Phil kehrte zurück. Er hielt eine Krokodillederhandtasche hoch. »Ist sie das?«

»Ja, Gott sei Dank«, seufzte Myriam Price.

»Ich sehe keinen Grund, darüber erleichtert zu sein«, meinte Linda Sherwood. »Wenn die Tasche verschwunden gewesen wäre, hätten wir gewußt, worum es dem Messerstecher gegangen ist.«

»Ja, das ist richtig«, gab Myriam Price betroffen zu. »Jetzt sind wir wieder auf wilde Spekulationen angewiesen.«

»Kann ich gehen?« wiederholte Henry Carsson, der plötzlich sehr nervös wirkte. »Sie haben kein Recht, mich hier festzuhalten.«

»Sie bleiben«, sagte ich.

Ich kam nicht mehr dazu, meine Entscheidung mit wenigen Worten zu begründen. Ein harter, trockener Schuß sorgte für einen dramatischen, wenn auch nur vorläufigen Schlußpunkt. Eine der Frauen stieß einen schrillen Schrei aus. Phil war mit einem Satz am Lichtschalter. Im nächsten Augenblick lag der Raum im Halbdunkel, nur erhellt von dem Licht der Terrassenlampe.

Henry Carsson stolperte auf mich zu. Er wäre gefallen, wenn ich ihn nicht mit beiden Armen aufgefangen hätte. Ich blickte in seine brechenden Augen und begriff, daß ihm nicht mehr zu helfen war.

Behutsam ließ ich ihn zu Boden gleiten.

Phil sprintete aus dem Zimmer. Ich hörte, wie er

durch die Halle raste und dann die vordere Tür hinter sich zuwarf.

Myriam Price begann wie ein Kind zu wimmern. »Ich halte das nicht aus«, klagte sie. »Es ist zuviel für mich. Ich möchte weg von hier!«

In der Halle schlug der Dreiklanggong an.

»Das ist der Arzt«, murmelte Linda Sherwood, deren Gesicht wie versteinert wirkte. »Oder die Polizei. Howard wird öffnen.«

Ich drehte Henry Carsson behutsam auf die Seite. Seine Lippen bewegten sich.

Ich beugte mich tief zu ihm hinab. »Ma . . . Ma . . .« ächzte er. Dann war es plötzlich vorbei. Sein Kopf rollte haltlos zur Seite. Er war tot.

Ich schloß die Terrassentür auf und zog die Vorhänge zu. Dann knipste ich das Licht an. Myriam Price' Blick klebte förmlich an dem Toten. Ihre Lippen bebten. Sie machte den Eindruck, als stände sie am Rande eines Nervenzusammenbruchs. Linda Sherwood drückte ihre Zigarette im Ascher aus. Sie war von unnatürlicher Ruhe.

In der Halle wurden Schritte laut. Es klopfte.

»Dr. Ferguson«, meldete der Butler.

Der Arzt war ein mittelgroßer, untersetzter Endvierziger mit randloser Brille, der eine abgewetzte lederne Instrumententasche bei sich trug. Er übersah die Situation mit einem Blick und wandte sich an Myriam Price, nachdem er sich von Henry Carssons Tod überzeugt hatte.

»Ist die Polizei schon benachrichtigt?« fragte er.

»Ja«, sagte Linda Sherwood.

Ich verließ das Zimmer. Der Butler saß in der Halle

auf einem Stuhl. Er erhob sich sofort, als ich die Wohnzimmertür hinter mir schloß.

»Arbeiten Sie schon lange für die Sherwoods?« erkundigte ich mich.

»Seit ihrer Eheschließung, Sir.«

»Wo waren Sie vorher tätig?«

»Bei Mr. Sherwood. Er hat mich gewissermaßen mit in die Ehe gebracht. Ich bin von seinem Ende zutiefst erschüttert. Er war ein guter und gerechter Arbeitgeber.«

»Werden Sie bei Mrs. Sherwood bleiben?«

»Das hängt nicht von mir ab, Sir.«

Mir schien es so, als hätte sich seine Stimme eines kühlen Untertons bemächtigt. Mir lagen eine Menge Fragen auf der Zunge, die Linda Sherwood betrafen, aber ich verzichtete darauf, sie auszusprechen. Es war nicht zu erwarten, daß ich von einem auf Diskretion getrimmten Butler die Auskünfte bekommen würde, die ich mir wünschte.

Es klingelte.

Der Butler öffnete die Tür. Phil betrat die Halle. Er japste nach Luft. »Fehlanzeige«, meldete er. »Der Kerl hat es verstanden, seinen Vorsprung zu nutzen. Was ist mit Henry Carsson?«

»Er ist tot.«

Phils Gesicht umwölkte sich. »Mein Gott«, murmelte er leise. »Hat er noch etwas gesagt?«

»Er setzte zweimal dazu an«, erwiderte ich. »Es reichte nur für die Silbe ›Ma‹.«

»Er war noch jung«, meinte Phil stirnrunzelnd. »Vielleicht wollte er ›Mama‹ rufen. Er muß gespürt haben, daß es mit ihm zu Ende ging.«

Ich zuckte mit den Schultern. »Vielleicht. Es ist aber ebenso gut denkbar, daß Henry Carsson mir einen

Namen nennen wollte. Max. May. Martin. Mabel. Wir haben die Wahl unter vielen Möglichkeiten.«

»Das macht unseren Beruf so erfreulich«, sagte Phil bitter. »Immer hat man die freie Wahl. Ist die Polizei schon eingetroffen?«

»Nein, aber sie muß gleich hier sein«, erwiderte ich und blickte auf meine Uhr. »Es wäre glatte Zeitverschwendung, wenn wir gemeinsam ihr Kommen abwarteten. Ich fahre nach Queens, um festzustellen, wer dieser Henry Carsson war. Ich bin ziemlich sicher, daß er von seinem Komplizen getöten wurde, weil dieser befürchtete, daß Henry Carsson singen würde.«

»Das wirft die Frage auf, was die beiden hier wollten«, sagte Phil.

»Schau dir Myriam Price an, dann weißt du Bescheid.«

»Findest du? Die Verletzung erklärt gar nichts«, sagte Phil. »Der Angriff kann ebensogut Linda Sherwood gegolten haben und das Ergebnis einer Verwechslung gewesen sein.«

»Stimmt«, gab ich zu. »Wir werden beide ein wenig darüber nachdenken. Wer die Lösung zuerst findet, bekommt ein Bonbon.«

»Meines kannst du dir ins Haar kleben«, sagte Phil.

Ich grinste matt und klopfte an die Wohnzimmertür. »Das sagst du nur, weil du sowieso nie gewinnst.«

»Moment noch, bitte!« rief der Arzt aus dem Inneren. Drei Minuten später öffnete er die Tür. »Sie können eintreten. Ich muß Ihnen ein Kompliment machen. Der von Ihnen angelegte Notverband war erstklassig.«

»Das Kompliment geht an meinen Kollegen«, erwiderte ich und betrat den großen Raum. Linda Sherwood stand am Fußende der Couch. Myriam Price hielt ihre Augen geschlossen und zog ein Gesicht, als lehnte sie es ab, ihre Umgebung noch weiter zur Kenntnis zu nehmen.

Ich holte dem Toten den Schlüsselbund aus der Hosentasche, verabschiedete mich und rollte kurz darauf mit meinem Jaguar nach Queens. Als ich vor dem Hause Jamaica Avenue 133 stoppte, war es dreiundzwanzig Uhr zwanzig.

Das Apartmentbuilding, in dem Carssons Wohnung lag, war von durchschnittlicher Qualität und hob sich durch keinerlei Eigenheiten von seinen Nachbarn ab. Die graue, sachliche Fassade stammte aus den fünfziger Jahren. Ich fuhr mit dem Lift in das achte Stockwerk.

Als ich den Schlüssel aus der Tasche holte, öffnete sich mit einem Ruck die Tür, die das Namensschild HENRY CARSSON trug. Auf der Schwelle erschien ein mittelgroßer Mann von knapp fünfzig Jahren. Er hatte ein straffes, glattrasiertes Gesicht mit kleinen, weit auseinanderstehenden Augen, ein winziges Schnurrbärtchen und auffallend exakt gescheiteltes, schon etwas schütteres Blondhaar.

»Henry Carsson?« fragte er mit kurzatmiger, leicht erregt klingender Stimme. Sein Blick klebte an dem Schlüsselbund in meiner Hand.

Ich runzelte die Stirn und musterte ihn düster.

Ich hielt es für eine gute Idee, mich nicht vorzustellen. Ich hoffte, auf dieses Weise von der Verwechslung profitieren und die Hintergründe von Henry Carssons Tod aufhellen zu können.

»Ich wollte gerade gehen«, meinte der Mann und trat zur Seite, um mir Platz zu machen. »Sie haben mich lange warten lassen, mein Lieber. Über eine Stunde! Ich saß buchstäblich wie auf Kohlen.«

»Das tut mir leid«, erwiderte ich und steckte den Schlüsselbund in meine Tasche. Ich trat über die

Schwelle und durchquerte die kleine, quadratische Diele. Die Tür zum Wohnzimmer stand offen.

»Ja, ich war richtig nervös geworden«, sagte der Mann, der mir dichtauf folgte. »Sie hatten mir am Telefon gesagt, wo ich den Schlüssel finde, und ich erwartete, nicht länger als eine halbe Stunde auf Sie warten zu müsse. . .«

»Jetzt bin ich ja da«, sagte ich.

Das Wohnzimmer war mittelgroß. Kaufhausmöbel, stellte ich fest. Leidlich modern, ohne persönliche Note. Meine Augen verengten sich, als ich das schwarze Aktenköfferchen auf dem niedrigen Klubtisch liegen sah.

»Ja, jetzt sind Sie da«, seufzte der Mann. Er ging an mir vorbei und ließ sich in einen Sessel fallen. Die hochrutschenden Hosenbeine legten schwarzseidene Socken frei. Der Mann war gut gekleidet. Sein grauer Freskoanzug hatte einen dünnen Nadenstreifen und stammte sichtlich aus der Werkstatt eines ausgezeichneten Schneiders.

Ich trat an den Tisch und öffnete den Koffer. Er war randvoll mit gebündelten Banknoten gefüllt.

»Zwanzigtausend«, schnaufte der Mann und wischte sich mit einem blütenweißen Taschentuch über das feuchtglänzende Gesicht. »Wie Sie es wünschten. Kleine Noten, die bereits im Umlauf waren. Wollen Sie den Zaster nachzählen?«

»Später«, sagte ich.

Wofür sollte Henry Carsson das Geld bekommen? Ich holte ein Päckchen Zigaretten aus der Tasche und hielt es dem Mann unter die Nase. Er bediente sich.

»Vielen Dank«, sagte er. »Ich sollte nicht so viel rauchen. Es bekommt mir nicht. Aber jetzt . . . na ja, es beruhigt. Sie werden sich denken können, daß die

Transaktion mich nicht unberührt läßt. Schließlich fädelt man so etwas nicht alle Tage ein, nicht wahr? Ich will ehrlich mit Ihnen sein. Als Sie nicht aufkreuzten, war ich beinahe erleichtert. Ganz im Ernst. Ich wollte meinen Koffer nehmen, verschwinden und das Ganze einfach vergessen. Haben Sie Feuer?«

»Bitte«, sagte ich. »Möchten Sie etwas trinken?«

Er nickte. »Mein Mund ist pulvertrocken.«

Ich stand auf. Ich hatte keine Ahnung, wo Carsson seine Flaschen aufbewahrte, und ging in die Küche, um den Kühlschrank zu öffnen. Ich fand ein paar Dosen Bier und nahm sie mit ins Wohnzimmer. »Ist Bier okay?«

»Wunderbar«, sagte er. »Genau das Richtige.«

Ich fand zwei Gläser im Wohnzimmerschrank. Ich merkte, wie der Mann mich aufmerksam beobachtete. »Ich bin etwas überrascht«, sagte er, als ich die Gläser füllte.

»Worüber?«

»Über Sie. Ich hatte Sie mir. . . nun, ich hatte Sie mir anders vorgestellt.«

»Wie denn?«

»Schwer zu sagen. Weniger intellektuell.«

Ich setzte mich und lachte. »Intellektuell? Vielen Dank! Das höre ich zum erstenmal.«

»Es stimmt«, meinte er ernst. »Sie haben einen guten Kopf. Als ich am Telefon mit Ihnen sprach. . . nun ja, ich hatte mir nach dem Klang Ihrer Stimme ein anderes Bild von Ihnen gemacht. Ich gestehe, daß ich angenehm enttäuscht worden bin. Schließlich ist mein Auftrag so explosiv und prekär, daß man ihn nur in Zusammenarbeit mit einem cleveren, geschickten Mann zu lösen vermag, mit einem Mann, der sein Köpfchen zu benutzen versteht.«

»Klar«, sagte ich und hob ihm mein Glas entgegen. »Prost!«

»Cheerio«, sagte er.

Wir tranken. Ich fragte mich, was ich tun oder sagen mußte, um nicht aus der Rolle zu fallen und die Details seines Auftrages zu erfahren. Seine Gesprächigkeit kam meinen Wünschen entgegen.

»Lassen Sie mich noch einmal unterstreichen, daß Cynthia kein Haar gekrümmt werden darf«, sagte er. »Es genügt, daß sie in die Falle läuft.«

»Kein Problem«, behauptete ich.

»Werden Sie es selber erledigen?«

»Nicht unbedingt.«

»Mir ist es egal, wer den Fall erledigt«, meinte er. »Aber es muß klappen.«

»Wie sind Sie an meine Adresse gekommen?« fragte ich.

Er blinzelte. Ich merkte, daß ich einen Fehler gemacht hatte. Offenbar war dieser Punkt zwischen Carsson und dem Besucher schon abgehandelt worden.

Ich winkte ab. »Wir haben ja schon darüber gesprochen«, sagte ich. »Ich hatte es vergessen.«

Er lächelte. »Ist doch unwichtig«, meinte er. »Wann beginnen Sie?«

»Sie hören von mir.«

»Rufen Sie mich nicht zu Hause an, auf gar keinen Fall!« sagte er. »Cynthia ist neugierig. Die Hausapparate sind miteinander gekoppelt, wissen Sie. Wenn ich in der Halle spreche, kann man im Wohnzimmer oder in der Küche mithören. Es ist sehr lästig. Ich habe mir vorgenommen, das ändern zu lassen.«

»Sehr vernünftig. Haben Sie Ihre Karte da?«

Er runzelte die Augenbrauen. »Das schon, aber Sie werden begreifen, daß ich mich nicht davon trennen möchte. Für den Fall, daß bei Ihnen etwas schiefgehen sollte, wäre es eine Katastrophe, wenn man meine Karte bei Ihnen fände. Sie haben doch meine Nummer . . .«

»Ja«, sagte ich.

Er beugte sich nach vorn und öffnete den Koffer. Er nahm mehrere Bündel Geldscheine heraus und legte sie vor mir hin. »Fünftausend, wie vereinbart. Die Anzahlung. Den Rest bekommen Sie nach Erledigung des Auftrages. Sie wollten das Geld vorher sehen . . . ich habe diese Bedingung erfüllt. Jetzt liegt es an Ihnen, die von Ihnen gemachten Zusagen einzulösen.«

Er erhob sich. »Vielen Dank für die Bewirtung«, sagte er und nahm den Koffer an sich. »Halten Sie mich bitte auf dem laufenden. Und lassen Sie mich wiederholen, daß Cynthia nichts passieren darf . . .«

»Aber Sie wollen sie doch los sein?« fragte ich.

»Ja . . . aber das bedeutet nicht, daß ich an Gewalt denke«, meinte er. Er zuckte mit den Schultern. »Ich weiß, daß ich für das Geld auch einen Killer bekäme . . . aber der bloße Gedanke daran läßt mich schaudern. Nein, Cynthia soll leben. Das ist meine Bedingung.«

»Das haben wir ja festgelegt«, sagte ich.

Er ging zur Tür. »Alles Gute, Mr. Carsson!«

»Einen Augenblick, bitte«, sagte ich. »Ich bin nicht Henry Carsson.«

Er zuckte herum. Seine blaßgrauen Augen weiteten sich. Schweigend starrte er mir ins Gesicht.

»Ich heiße Cotton«, sagte ich. »Jeremias Cotton. Meine Freunde nennen mich Jerry.« Ich griff in die Tasche. »Im Gegensatz zu Ihnen brauche ich keine Skrupel zu haben, meine Karte vorzuweisen.«

Er schluckte, als er meine IC-Card sah.

»FBI«, hauchte er. »Das ist . . . das ist Verrat. Eine bodenlose Schweinerei. Carsson hat mich aufs Kreuz gelegt! Oder war es Cynthia? Hat er sich mit ihr arrangiert, weil sie ihn besser bezahlte?« Seine Stimme bebte vor Empörung. »Das hat man davon, wenn man sich mit diesen Unterweltstypen einläßt!«

Ich wies auf einen Sessel. »Nehmen Sie Platz, bitte.«

Er setzte sich und legte den schwarzen Koffer auf seine Knie. »Ich verstehe es trotzdem nicht«, meinte er schwer atmend. »Das ist doch kein Fall für den FBI!«

»Wie heißen Sie?« fragte ich und ließ mich ihm gegenüber nieder.

»Richard Matteson«, sagte er.

»Was sollte Carsson für Sie erledigen?«

»Fragen Sie ihn doch selber!« schnappte Matteson wütend.

»Das geht leider nicht! Er ist tot.«

»Tot?« echote Matteson und riß die Augen auf. »Verunglückt?«

»Ermordet«, sagte ich.

Er schloß die Augen, als weigerte er sich, die Worte und ihren Sprecher ernst zu nehmen.

»Er starb mit der Silbe ›Ma‹ auf seinen Lippen«, sagte ich. »Kann es sein, daß er ihren Namen zu nennen versuchte?«

»Carsson? Mein Gott, woher soll ich das wissen? Wie und wo ist es passiert?«

»Das ist eine ebenso lange wie seltsame Geschichte. Ich kann sie im Augenblick nicht voll wiedergeben, aber alles deutete darauf hin, daß Henry Carsson mit einem Komplizen zusammenarbeitete und erschossen wurde, um den Namen dieses Komplizen nicht preisgeben zu können.«

»Und Sie haben keine Spur von dem Täter?«

»So ist es«, gab ich zu.

Matteson biß sich auf die Unterlippe. Er sah verzweifelt aus. »Wenn mein Name im Zusammenhang mit Henry Carssons Tod in den Zeitungen erscheinen sollte . . .« Er führte den Satz nicht zu Ende.

»Gehören Sie zur Prominenz?« erkundigte ich mich.

»Nein, nein, das nicht«, wehrte er ab, »aber mein Schwiegervater ist ein äußerst penibler Mann. Mitglied einer strenggläubigen Sekte. Wenn er erfährt, was ich vorhatte, kann ich meine Koffer packen.«

»Sie sind von ihm abhängig?«

»Ja, in gewissen Weise. Er ist schwer krank. Der Arzt gibt ihm nur noch wenige Wochen. Alles hängst jetzt davon ab, daß er die Firma nicht Cynthia vermacht. Ich leite den Betrieb, und ich leite ihn gut. Unsere jährliche Zuwachsrate liegt bei zwanzig Prozent, also weit über dem Landesdurchschnitt. Dafür werde ich mit einem großzügigen Gehalt und einer Gewinnbeteiligung abgefunden. Aber ich bin noch kein Teilhaber. Wenn es mir gelungen wäre, Cynthia vor dem Tod des Alten zu diskreditieren, hätte er sicherlich das Testament in meinem Sinne geändert. Ich wäre ja schon froh, wenn ich nur die Hälfte der Firma bekäme . . .«

»Was sollte Henry Carsson tun, um Sie Ihrem Ziel näher zu bringen?« fragte ich.

»Cynthia verführen oder verführen lassen und mir das erforderliche Beweismaterial beschaffen«, antwortete Richard Matteson. »Bei der sittlichen Einstellung meines Schwiegervaters wäre dieser Schock mit einer sicheren Testamentänderung zu meinen Gunsten geahndet worden.«

»Nicht gerade fair, was Sie vorhatten . . . oder?«

»Fair!« schnarrte Richard Matteson wütend. »War es fair von Ihnen, daß Sie sich nicht gleich zu erkennen gaben? Sie kennen meine Lage nicht. Cynthia betrügt mich. Sie ist mir nicht treu . . . aber sie ist zu gerissen, um sich erwischen zu lassen. Deshalb wollte ich sie mit einem Trick überführen. Fair? Vielleicht nicht . . . aber mir ging es nur darum, zu beweisen, wie labil sie ist und wie sehr sie auf Männer fliegt!«

»Was brachte Sie auf den Gedanken, Henry Carsson für diese Aufgabe zu gewinnen?«

Er zuckte mit den Schultern. »Ich habe keine Verbindungen zur Unterwelt. Ich besuchte einige Kneipen in der Bronx und hörte mich ein wenig um. Ein ziemlich finsterer Typ, den ich mit einem Hunderter schmierte, gab mir Carssons Telefonnummer. Ich rief ihn an, fast ein dutzendmal. Erst wollte er nicht einsteigen, aber als er merkte, daß es mir ernst war, stellte er seine Forderungen. Heute abend sollte es zu dem ersten Zusammentreffen kommen. Er verlangte von mir, daß ich die volle Summe mitbringe. Er wollte sich davon überzeugen, daß ich das Geld habe . . .«

»Hm«, machte ich. »Zwanzigtausend sind für das, was Sie von ihm erwarteten, eine mehr als ungewöhnliche Summe.«

»Finden Sie?« fragte Richard Matteson verwirrt. »Offen gestanden kenne ich mich in dieser Materie nicht aus. Mir erschien Carssons Forderung auch hoch, aber ich war gern bereit, diesen Betrag zu opfern, wenn Carsson nur gute und rasche Arbeit leistete. Sie dürfen nicht vergessen, daß mein Firmenanteil mindestens das Hundertfache wert gewesen wäre. . .«

»Wie heißt der Mann, der Sie an Carsson verwies?«

»Keine Ahnung. Er nannte sich Benny. Mehr weiß ich nicht.«

»In welcher Kneipe trafen Sie ihn?«

»Den Namen habe ich vergessen, aber ich erinnere mich, daß sie an der Kreuzung Deegan Boulevard und Willis Avenue liegt. In der Bronx.«

»Würden Sie den Mann wiedererkennen?«

»Ganz bestimmt. Er war dunkelhaarig und hatte auffallend schlechte Zähne. Er roch aus dem Mund. Ich schätzte ihn auf fünfundfünfzig, aber er kann auch jünger gewesen sein. Diese Sauftypen altern ziemlich rasch.«

»Danke«, sagte ich. »Das genügt. Sie können Ihr Geld einpacken und gehen.«

Er legte den Koffer auf den Tisch und befolgte meine Aufforderung. »Ich bin für meinen Einfall empfindlich bestraft worden«, sagte er. »Bitte verschlimmern Sie nicht meine Lage, indem Sie Anzeige gegen mich erstatten ...«

»Was Sie vorhatten, läßt sich nur zivilgerichtlich ahnden. . . vorausgesetzt, daß Anzeige gegen Sie erstattet wird. Ich habe nicht vor, mich damit zu befassen, aber es kann sein, daß ich Sie noch einmal verhören muß.«

»Warum denn, um Himmels willen?«

»Das erfahren Sie noch.«

»Okay, ich bin zu allem bereit«, sagte Richard Matteson. »Fest steht, daß ich nie wieder eine krumme Sache drehen werde. Ich bin einfach nicht dafür geschaffen. Aber rufen Sie mich bitte im Geschäft an. Sie kennen meine Gründe. Im Haus hört Cynthia mit.«

Ich brachte ihn durch die Diele zur Tür. Er verabschiedete sich ziemlich kleinlaut.

Ich kehrte ins Wohnzimmer zurück und öffnete die Schubläden des Sideboards. Sie enthielten Papierservietten und Tischwäsche, aber weder Fotos noch schriftliche Unterlagen.

Auch meine Suche in den anderen Schränken und Schubladen förderte kein Stück Papier zutage. Es existierte weder ein Notizbuch noch ein Verzeichnis mit den Telefonnummern seiner Bekannten.

Henry Carsson war entweder schreibfaul gewesen, oder er hatte es sich zum eisernen Prinzip gemacht, nichts Schriftliches in seiner Wohnung aufzubewahren.

Ich setzte mich ans Telefon und wählte Linda Sherwoods Nummer. Phil meldete sich. Im Hintergrund hörte ich fremde Stimmen.

»Jerry«, sagte ich. »Wie läuft der Film?«

»Den Höhepunkt hast du mitgekriegt«, antwortete er. »Der Rest ist Routinespiel. Im Garten haben sie Scheinwerfer aufgestellt und einige Fußspuren vermessen. Es wurden weder Waffen noch andere Beweisstücke gefunden. Das Messer, mit dem der Angriff auf Myriam Price ausgeführt wurde, enthält keine Fingerabdrücke. Es ist ein Kaufhausmodell, Massenware. Fest steht, daß Henry Carsson mit einer Gewehrkugel erschossen wurde. Die Kaliber- und Typenbestimmung kann erst nach der Obduktion vorgenommen werden. Hast du etwas erreicht?«

»Das wird sich zeigen. Ich traf in Carssons Wohnung auf einen Mann namens Richard Matteson. Er hatte zwanzigstausend Dollar bei sich. Fünftausend davon waren als Anzahlung für einen ziemlich schmutzigen, aber gewaltlosen Job gedacht. Ich muß Schluß machen«, sagte ich mit gedämpfter Stimme. »Jemand fummelt mit einem Schlüssel an der Wohnungstür herum. Bis später!«

Ich legte auf. Die Wohnungstür öffnete sich. »Hallo, Henry«, rief eine frische, vergnügt klingende Mädchenstimme. »Ich bin's, Honey.«

Das Girl, das wenige Sekunden später erschreckt auf der Türschwelle stoppte, war nicht älter als zwanzig. Sie hatte schulterlanges, flachsblondes Haar, violette Augen, eine winzige Nase, und einen töricht-naiv geschwungenen Mund. Sie war stark und nicht sehr geschickt geschminkt.

»Wer sind Sie?« fragte sie ziemlich atemlos. »Was tun Sie hier? Wo ist Henry?«

Das Mädchen hielt eine braune Einkaufstüte im Arm, aus der der Hals einer Whiskeyflasche und eine Stange Zigaretten ragte.

Sie war mit hellgrünen Cordhosen, einem breiten Ledergürtel und einem knapp sitzenden schwarzen Ringelpulli bekleidet. Sie sah auf eine etwas billige Weise hübsch aus.

»Jerry Cotton ist mein Name«, stellte ich mich vor. »Sie sind Henry Carssons Freundin?«

Sie trat näher und setzte die Tüte auf den Tisch. »Was ist mit ihm?« fragte sie ängstlich. »Hat er was angestellt?«

»Ja«, erwiderte ich. »Und das ist für ihn schiefgegangen. Mit wem war er heute abend unterwegs?«

»Keine Ahnung«, behauptete sie. »Was ist denn passiert, um Himmels willen?«

»Er wurde niedergeschossen«, sagte ich. »Er ist tot.«

»Nein!« hauchte sie und setzte sich abrupt. »Tot! Das ist ja entsetzlich . . .«

Sie starrte ins Leere, aber trotz ihrer Reaktion hatte ich nicht das Gefühl, daß die Nachricht ihr wirklich unter die Haut ging. Sie war schockiert und betroffen, aber sie zeigte keine Trauer.

»Wer waren seine Freunde?«

»Er hatte keine«, sagte sie rasch. »Ich habe mich oft darüber gewundert. Er war ein Einzelgänger.«

»Seit wann kennen Sie ihn?«

»Ich habe ihn vor einem halben Jahr kennengelernt. Im Roseland. Er brachte mich nach Hause und lud mich für den nächsten Tag zum Essen ein. Das fand ich nett.

Von da an haben wir uns ziemlich regelmäßig getroffen, mindestens zweimal in der Woche.«

»Sie kommen spät«, sagte ich.

»Ich bin Serviererin«, meinte sie. »Ich kann nicht früher Schluß machen.«

»Wohnten Sie mit Carsson zusammen?«

Das Girl errötete. »Wo denken Sie hin! Natürlich bin ich manchmal hiergeblieben. . .«

»Was hatte er heute abend vor?«

»Ich weiß es nicht. Er hat es mir nicht gesagt. Wir haben noch am Nachmittag miteinander telefoniert. Er wußte, daß ich um diese Zeit kommen würde . . .«

»Wie war er am Telefon?«

»Guter Laune. Völlig normal«, sagte das Girl.

»Wie heißen Sie?«

»Muriel Manville.«

Sie saß auf der Sesselkante, blaß, brav und erschrokken. Sie machte nicht den Eindruck einer Gangsterbraut, aber das konnte täuschen. Ich wunderte mich, daß sie keine Fragen nach dem Hergang der Tat stellte.

»Offengestanden bin ich nicht sehr überrascht«, sagte sie. »Ich wußte, daß Henrys Geschäfte nicht sauber waren. Er hat zwar nie davon gesprochen . . . aber gerade das kam mir oft seltsam vor. Er war immer gut bei Kasse. Wenn jemand sein Geld auf anständige Weise verdient, spricht er auch darüber. Gern sogar. Er ist stolz darauf! Henry wich mir stets aus, wenn ich ihn daraufhin ansprach. Ich hätte mich längst von ihm getrennt, wenn er nicht so nett zu mir gewesen wäre.«

»Er war heute abend nicht allein«, sagte ich. »Er befand sich in Begleitung eines Komplizen. Dieser Mann erschoß Henry Carsson aus dem Hinterhalt. Sicher wollte er verhindern, daß Carsson unsere Fragen beantwortete.«

»Wo ist das Verbrechen geschehen?«

»Im Hause einer Frau, die ihren Mann heute unter recht merkwürdigen Umständen verloren hat«, erwiderte ich. »Sie heißt Linda Sherwood.«

»Sherwood«, murmelte das Mädchen stirnrunzelnd und zog an der Schlaufe ihres breiten Ledergürtels. »Sherwood . . .«

»Henry Carsson hat Ihnen gegenüber den Namen genannt?« fragte ich.

»Ich weiß es nicht genau«, antwortete Muriel Manville zögernd. »Aber mir ist es fast so . . .«

»Denken Sie darüber nach, bitte«, ersuchte ich sie und warf einen Blick in die Einkaufstüte. »Gestatten Sie, bitte?«

Ich holte den Inhalt einzeln heraus. Whiskey, Zigaretten, eine Dose mit Erdnüssen, und eine kleine, flache Blechschachtel mit Tabletten gegen vegetative Störungen. »Das Zeug ist rezeptpflichtig«, stellte ich fest. »Sind die Tabletten für Sie bestimmt?«

Muriel Manville schüttelte den Kopf. »Henry hatte mich gebeten, sie mitzubringen. Er brauchte sie für irgend jemand.«

»Wo ist das Rezept?«

»Das habe ich im Drugstore gelassen.«

»Wann hat Henry Carsson Ihnen das Rezept gegeben?«

»Vor ein paar Tagen«, antwortete sie. »Er erinnerte mich heute am Telefon daran und bat mich, die Schachtel heute abend mitzubringen.«

»Warum hat er das Zeug nicht selbst besorgt?«

»Ach, Henry haßte es, diesem Kleinkram nachzulaufen. Das überließ er gern mir.«

»Können Sie sich erinnern, auf welchen Namen das Rezept ausgestellt war?«

»Nein. Sie wissen ja, wie die Ärzte schreiben. Unleserlich.«

»Wo haben Sie die Schachtel gekauft?«

»Ist das denn so wichtig? In Brunos Drugstore, einen Häuserblock von hier entfernt.«

»Kommen Sie mit, bitte«, sagte ich.

Zehn Minuten später standen Muriel Manville und ich am Tresen des Drugstores, der, wie die meisten Geschäfte dieser Art, auch nachts geöffnet hatte.

»Was kann ich für Sie tun?« fragte uns ein sommersprossiger Clerk.

Muriel Manville erklärte es ihm: »Ich habe vor einer Stunde bei Ihnen ein Päckchen Tabletten gekauft . . .«

»Nicht bei mir«, sagte der Clerk.

»Ich weiß«, meinte das Mädchen ungeduldig. »Es war Ihr Kollege. Er hatte dunkles, glatt zurückgekämmtes Haar.«

»Bob«, sagte der Clerk. »Er hat vor einer halben Stunde Feierabend gemacht.«

Ich holte meinen Ausweis hervor. »Es geht um das Rezept. Ich möchte es sehen.«

Der Clerk bekam große Augen. Er verschwand hinter einem Vorhang und kam mit einer Handvoll Zettel zurück. »Das muß es sein«, sagte er und legte ein Rezept vor mich hin, das den Stempelaufdruck eines Dr. James Guthrie und dessen Adresse trug.

Der handgeschriebene Name des Patienten war nicht zu entziffern.

»Kann ich das Ding haben?« fragte ich.

»Bitte, Sir.«

Ehe ich mich von Muriel Manville trennte, ließ ich mir den Schlüssel von Henry Carssons Wohnung und ihre Anschrift geben. Dann fuhr ich zur Fulton Street nach Brooklyn. Dr. Guthries Praxis lag im Hause Nummer 96. Ich hatte Glück. Der Arzt hatte Nachtschicht. Eine Schwester ließ mich ein.

»Es wird ein Weilchen dauern«, sagte sie. »Es sind noch sieben Patienten vor Ihnen dran.«

Ich zeigte ihr meinen Ausweis und das Rezept. »Sie können das gewiß entziffern. Für wen waren die Tabletten bestimmt?«

»Da muß ich den Doktor fragen«, meinte sie zögernd. »Ich kann das nicht entscheiden . . . wegen der Schweigepflicht, Sie wissen schon.«

Wenige Minuten später stand ich Dr. Guthrie gegenüber. Er war ein junger, vital wirkender Mann, der keine langen Erklärungen brauchte. »Der Mann gehörte nicht zu meinen Patienten«, sagte er. »Ein Tourist, der über Herzrhythmusstörungen klagte. Er zahlte bar, so daß ich darauf verzichtete, seinen Namen in die Kartei aufzunehmen.«

»Mir genügt es, den Namen zu erfahren.«

»Price«, sagte er. »Stafford Price.« Er hob die Augenbrauen. »Ist was mit Ihnen?«

»Nein«, sagte ich betroffen. »Nein. Vielen Dank.«

Ich verließ die Praxis. Als ich in meinem Wagen saß, ließ ich mich von der Zentrale mit meinem Office verbinden. Phil meldete sich nicht. »Versuchen Sie's bei ihm zu Hause, bitte«, sagte ich.

»Decker«, tönte Phils Stimme an mein Ohr.

»Ich weiß jetzt, wer Myriam Price zu ermorden versuchte«, sagte ich.

»Herzlichen Glückwunsch, alter Schnüffler«, sagte Phil. »Etwa ihr Angetrauter?«

»Wie bist du darauf gekommen?«

»Köpfchen«, spottete er. »Ich habe erfahren, daß Price bedeutend älter ist als seine Frau. Vielleicht betrügt sie ihn schon lange mit einem anderen, so daß er sich rächen wollte. Was es auch sei . . . er ist ihr vermutlich nach New York gefolgt, weil er glaubte, daß ein Mord während ihres Urlaubes für ihn am unverfänglichsten sei.«

»Henry Carsson mußte für ihn ein Rezept einlösen«, sagte ich. »Dadurch bin ich auf Price gekommen. Die Sache hat nur einen Haken. Das Rezept wurde vor mehreren Tagen ausgestellt . . . hier in New York.«

»Na und? Da war er eben hier!«

»Hm«, machte ich. »Schon möglich. Wahrscheinlich hat er die Tat vorbereitet und mit Carsson besprochen.«

»Als er sah, daß Carsson geschnappt worden war, zog er die Notbremse«, meinte Phil. »Er schoß den Burschen einfach nieder und verschwand.«

»Ich weiß nicht recht«, erwiderte ich zögernd. »Es gibt ein paar Dinge, die mir daran nicht gefallen. Price hätte die Tat allein verüben können. Was kann ihn dazu gebracht haben, einen Killer zu chartern? Das erhöhte sein Risiko.«

»Soviel ich weiß hat der Bursche eine Menge Geld«, sagte Phil. »Solche Leute machen sich nicht gern die Finger mit einem Gewaltverbrechen schmutzig. Deshalb engagierte er Henry Carsson, aber als er merkte, daß die Sache schiefzugehen drohte, zögerte er nicht, den jungen Mann zu erschießen.«

»Wie und wo finden wir ihn?«

»Er wird in irgendeiner Luxusherberge abgestiegen sein. Allerdings halte ich es für wahrscheinlicher, daß er bereits auf dem Heimweg ist.«

»Rufe ihn an. Jetzt. Wenn er nicht zu Hause sein sollte, wird dir irgend jemand von seinem Personal sagen können, wo er heute war. Wir können später überprüfen, ob diese Auskunft stimmt!«

»Geht in Ordnung«, meinte Phil und legte auf.

Es war fast zu spät, um noch irgend etwas zu erledigen, aber ich war noch nicht müde und hatte das Gefühl, am Ball bleiben zu müssen. Ich folgte dieser Regung und beschloß, nach Long Island zu fahren.

Es war fast zwei Uhr, als ich in der Nähe von Linda Sherwoods Bungalow stoppte und aus dem Wagen stieg. Ich zündete mir eine Zigarette an und bummelte die menschenleere Straße hinab. In Linda Sherwoods Haus brannte kein Licht, aber der Zufahrtsweg wurde von einer kleinen Lampe erhellt.

Ich betrat den Vorgarten und überquerte den weichen, kurzgeschorenen Rasen. Ich ging um das Haus herum. Die glühende Zigarette hielt ich dabei in der hohlen Hand.

Ich verspürte in mir die seltsame Spannung, die ich so gut kannte und von der ich wußte, daß sie mir Gefahr signalisierte. In der Nähe der Terrasse blieb ich stehen. Ein leichter Wind kam auf und sorgte für ein halblautes Raunen und Rauschen in den Büschen und Bäumen.

Ich hatte das merkwürdige Empfinden, nicht allein zu sein. Wurde ich beobachtet? Falls jemand vor mir im Garten gewesen war, hatte er mein Kommen im Licht der Vorgartenlampe deutlich verfolgen können.

Ich nahm einen Zug aus der Zigarette. Plötzlich wußte ich, daß jemand hinter mir stand. Meine Muskeln spannten sich. Noche ehe ich dazu kam, irgend etwas zu unternahmen, traf mich ein Schlag am Kopf.

Ich sackte in die Knie. Instinktiv hob ich den Ellenbogen, um weitere Schläge abzuwehren.

Mein unsichtbarer Gegner schlug erneut zu und fand die entscheidende Lücke. Ich kippte mit dem Oberkörper nach vorn und wurde bewußtlos.

»Wie spät ist es?« fragte die Frau.

»Moment, ich mache Licht«, sagte der Mann.

»Kein Licht, bitte!« flüsterte sie.

»Was ist los mit dir?« fragte er und richtete sich auf. »Hast du Angst?«

»Keine Angst«, meinte sie. »Aber ich hasse dieses Zimmer. Seine Häßlichkeit. Die Ärmlichkeit. Die alte, verschossene Tapete. Die ganze Umgebung. Sie macht alles so . . . so schmutzig.«

»Liebe ist nicht schmutzig«, sagte er.

Sie lachte kurz. »Erzähl das mal meinem Mann.«

Er legte sich wieder zurück und verschränkte die Arme unter dem Nacken. »Ich sehe immer nur dich«, sagte er. »Die Tapete interessiert mich nicht.«

»Warum können wir uns nicht an einem anderen Ort treffen?« fragte die Frau.

»Du hast mich darum gebeten, daß deine Anonymität gewahrt bleibt«, sagte er. »Das geht in diesem Viertel am besten. Niemand käme auf den Gedanken, daß in dieser Bruchbude Amelie . . .«

»Bitte keine Namen!« fiel sie ihm hastig ins Wort.

»Was macht dich so nervös?«

»Manchmal glaube ich, daß die Alte uns belauscht.«

»Unsinn. Sie ist schwerhörig.«

»Vielleicht tut sie nur so.«

»Ich gebe ihr zwei Hunderter für das Zimmer. Sie würde sich hüten, dir oder mir Schwierigkeiten zu machen. Solche Mieter kriegt sie nicht wieder.«

»Sie könnte versuchen, mich zu erpressen.«

»Das würde ich ihr nicht raten«, meinte er grimmig.

»Küß mich, Lester«, flüsterte sie.

Er richtete erneut seinen Oberkörper auf. In dem schwachen Laternenlicht, das durch die Lamellen der halbgeschlossenen Jalousien sickerte, sah er Amelies

Körper. Er beugte sich über sie und küßte ihren Mund. Sie schlang die Arme um seinen Hals und drängte sich gegen ihn. Behutsam löste er sich aus ihrer Umarmung.

»Es ist Zeit, Liebling«, sagte er.

»Ich will noch nicht nach Hause!«

»Denk an deinen Mann«, sagte er. »Wenn er von seiner Geschäftsreise zurückkommt, will er dich in deinem Schlafzimmer vorfinden.«

»Ich kann bei einer Freundin gewesen sein.«

»Was ist, wenn er bei der Puppe anruft? Du hast mir erzählt, er sei eifersüchtig und mißtrauisch.«

»Ach, Lester!« seufzte sie. »Ich kann so nicht weiterleben.«

»Laß dich scheiden«, riet er ihr. »Ich würde dich sofort heiraten.«

»Wovon wollten wir leben?«

»Ich kann arbeiten.«

Die Frau lachte. »Du kannst es, aber du tust es nicht«, sagte sie. »Du haßt schwere Arbeit. Nur in einem bist du groß. Und fleißig. In der Liebe . . .«

»Sag mal, machst du dich über mich lustig?« Seine Stimme bekam einen gereizten Klang.

»Aber nein, Liebling. Ich will dich gar nicht anders haben. Du bist wie ein Vulkan. Wenn ich bei dir bin, lebe ich auf. Ich brauche dich. Wo ist deine Hand, Liebling? Ich muß sie spüren. Ja . . . so ist es gut.«

»Warum sehen wir uns so selten?« fragte er.

»Du kennst den Grund«, erwiderte sie. »Ich habe einen eifersüchtigen Mann.«

»Jage ihn zum Teufel!«

»Das geht nicht, Lester. Ich will nicht wieder arm sein. Nie wieder!«

»Was wäre, wenn er plötzlich abkratzte?« fragte der Mann. »Würdest du ihn beerben?«

»Ja. Aber warum fragst du? Max denkt noch nicht ans Sterben. Er ist kerngesund.«

»Es gibt Unfälle«, sagte Lester Prater.

»Unfälle?« flüsterte sie.

»Nun ja . . . man könnte ein wenig nachhelfen.«

Die Frau setzte sich abrupt im Bett auf. Sie vergaß, was sie vor wenigen Minuten gesagt hatte, und knipste das Licht an. Der Mann war nackt. An seinem muskulösen, drahtigen Körper war keine Unze Fett zuviel. Er lächelte ihr in die Augen und sah, daß sie zitterte.

»Das darfst du nie wieder sagen!« flüsterte sie.

»Du bist schön«, meinte er und faßte sie an.

Die Frau erschauerte. »Bitte, nicht jetzt!«

»Ich liebe dich«, sagte er.

»Warum hast du das . . . das mit dem Unfall und dem Nachhelfen gesagt?«

»Ich kenne jemand, der so etwas besorgt.«

»Aber das wäre doch . . .« Sie führte den Satz nicht zu Ende. Ihr hübsches Gesicht drückte Entsetzen aus.

Seine Hand wurde zudringlicher. »Glück fällt einem nicht in den Schoß«, sagte er. »Man muß es sich erkämpfen.«

»Aber doch nicht mit Mord!«

»Psst!« sagte er. »Denke an die Alte.«

Plötzlich konnte sie den Anblick seiner herausfordernden Männlichkeit nicht mehr ertragen. Sie knipste das Licht aus und ließ sich zurückfallen.

Warum liebte sie diesen Mann? Warum war sie einfach verrückt nach ihm? Es gab doch so viele Männer, die sich um ihre Gunst bemühten! Aber sie wollte nur Lester. Er gab ihr das, was sie brauchte. Er war so umwerfend männlich, fast brutal. Aber er konnte auch zärtlich sein. Sie wurde vor Sehnsucht krank, wenn sie ihn ein paar Tage lang nicht gesehen hatte.

»Vielleicht ist es besser, wir trennen uns«, sagte er plötzlich.

»Trennen?« hauchte sie erschreckt. »Warum denn das, um Himmels willen?«

»Weil die Sache mit uns nicht gutgehen kann«, antwortete er. »Eines Tages wird dein Alter dahinterkommen, und dann bleiben dir nur noch die Trümmer deiner Ehe. Vielleicht wirft er dich aus dem Haus. . .«

»Dann könnten wir zusammenleben«, sagte sie.

»Ohne Geld«, stellte er fest. »Ich brauche ja nicht viel, aber du sagst selbst, daß du nie wieder arm sein möchtest. Ist dein Alter sehr reich?«

»Genaues weiß ich nicht, aber seine Freunde schätzen ihn auf fünfzig Millionen.«

Lester Prater tat überrascht. Er wußte, daß Max Hayes fast das Doppelte wert war, hielt es aber für klüger, die Frau nicht zu korrigieren.

»Mein Gott«, sagte er. »Phantastisch! Das darfst du nicht aufs Spiel setzen . . .«

»Was meinst du damit?«

»Wir machen Schluß«, sagte er. »Ich will nicht daran schuld sein, daß du fünfzig Millionen verlierst.«

»Lester!« keuchte sie und klammerte sich an ihn. »Ich pfeife auf das Geld. Ehrlich! Ich will nur dich . . .«

Er küßte sie. Er riß sie und sich in den Strudel einer kurzen, leidenschaftlichen Umarmung. Danach steckten sie sich eine Zigarette an. Sie wechselten mit jedem Zug zwischen ihnen hin und her.

»Ich kann dich nicht aufgeben«, murmelte sie.

»Es gibt nur zwei Möglichkeiten«, sagte er. »Deinen Mann oder mich. Deinen Mann mit den Millionen, oder mich mit den Millionen.«

»Wie stellst du dir das vor?«

»Das wäre nicht meine Sache«, wich er aus. »Ich will

nicht, daß du einen Mörder liebst. Für diese Arbeit gibt es Experten.«

»Damit kämen wir nicht durch.«

»Wieso wir? Wir hätten Alibis. Niemand würde uns verdächtigen.«

»Hör auf damit«, sagte sie. »Mir wird die Luft knapp, wenn ich nur daran denke.«

»Es ist eine Organisation«, meinte er. »Ein Team ausgekochter, knallharter Burschen. Sie haben schon einige Dutzend Male Probleme dieser Art gelöst ... zur vollsten Zufriedenheit ihrer Auftraggeber.«

»Woher kennst du diese Leute?« fragte Amelie Hayes beunruhigt.

»Zufall«, sagte er. »Ich kenne nicht die Hinterleute ... nur einen Kontaktmann.«

»Was ... was verlangen sie für ihre Arbeit?«

»Zwanzig Prozent.«

»Zwanzig Prozent wovon?«

»Von der Erbschaftssumme.«

»Das wären doch zehn Millionen!« rief die Frau aus. Ihre Stimme klang schockiert.

»Psst«, machte er erneut. Er stand auf, trat an die Tür und öffnete sie mit einem Ruck. Dann schloß er sie wieder und kehrte zum Bett zurück. »Alles okay«, sagte er.

»Zehn Millionen«, wiederholte die Frau. »Darauf läßt sich doch kein Mensch ein!«

»Irrtum«, sagte er. »Setzen wir uns einmal den Fall, du würdest die Bedingungen akzeptieren und deinen Mann ... nun ja, ihn eben abtreten lassen. Dir blieben immerhin noch vierzig Millionen. Und ein Leben nach deiner Wahl. Ist das nicht viel mehr, als auf fünfzig Millionen zu hoffen, von denen du noch nicht einmal sagen kannst, ob du sie eines Tages tatsächlich bekommen wirst? Du sagst, dein Alter sei kerngesund. Vielleicht kriegt er eines Tage einen Rappel und sucht sich eine andere Frau. Ja, ich weiß, daß er dich liebt. Noch liebt. Aber das muß nicht so bleiben! Vierzig Millionen in der Hand sind, wie ich meine, sehr viel mehr als die vage Aussicht, eines Tages fünfzig zu bekommen.«

»Vielleicht hast du recht«, sagte sie.

»Ich kann mit den Leuten sprechen.«

»Laß es mich noch einmal überschlafen, Liebling. Das ist so . . . so furchtbar. Ich kann doch nicht das Todesurteil über Max verhängen! Das kannst du nicht von mir verlangen.«

Er schwang die Füße auf den Boden und tastete nach der Unterwäsche, die am Kopfende des Bettes auf einem Stuhl lag. »Es war nur ein Vorschlag«, sagte er.

»Liebling! Bist du mir böse?«

»Ich liebe dich«, sagte er und streifte seine Socken über. »Ich weiß, daß ich dich nur haben und halten kann, wenn wir diese Entscheidung treffen. Alles andere muß mit einer Katastrophe enden.«

»Wer sagt dir, daß der Mord nicht ebenso enden würde?« fragte die Frau.

»Die Organisation versteht etwas von diesem Geschäft«, meinte er. »Wenn es passiert ist, würde niemand auf die Idee kommen, hinter dem Tod deines Mannes ein Gewaltverbrechen zu vermuten. Du würdest nur eines Tages die Nachricht erhalten, daß Max das beklagenswerte Opfer eines Unfalls geworden ist.«

Er stand auf und fuhr fort, sich anzuziehen. Die Frau hielt ihm die glimmende Zigarette entgegen. »Bitte, Honey.«

»Ich hab' genug«, sagte er.

»Max liebt mich«, meinte sie. Ihre Stimme klang gequält. »Warum machst du es mir so schwer? Du mußt doch verstehen, daß ich nicht so einfach . . .«

»Ja ja, ich verstehe es«, meinte er unwirsch.

»Max würde nie von mir verlange, daß ich mich zu einer solchen Entscheidung durchringe«, sagte sie mit plötzlicher Heftigkeit.

»Na prima!« höhnte Lester Prater. »Er ist eben ein Mustergatte. Reich und tüchtig, nur leider schon ein wenig fett und kein großer Liebhaber. Er ist der personifizierte Edelmut, der dich und dein sensibles Seelchen in Ruhe läßt. Bleibe bei ihm. Werde mit ihm glücklich!«

»Willst du mich verletzen?«

»Ich bin für klare Sachen«, behauptete er.

»Dann hättest du dich nicht mit mir einlassen dürfen«, sagte sie hitzig. »Du wußtest, daß ich eine verheiratete Frau bin.«

»Ich konnte nicht ahnen, daß ich mich in dich verknalle«, meinte er.

Seine Worte versöhnten sie. »Bitte, Lester. . . es muß doch noch andere Wege geben!«

Er knüpfte sich im Dunklen die Krawatte. »Gibt es«, sagte er. »Wir trennen uns und vergessen, was war.«

»Du hast mich nie geliebt«, sagte sie und erhob sich.

Er knipste das Licht an. Sein Blick umfing ihren schlanken, vollkommen geformten Körper. »Ich liebe dich noch immer«, erwiderte er. »Ich war noch nie in meinem Leben so verrückt nach einer Frau. Aber ich kann nicht lieben, wenn ich merke, daß diese Liebe unfähig ist, Opfer zu bringen.«

Amelie Hayes kam um das Bett herum auf ihn zu. Sie schlang ihre Arme um seinen Nacken und preßte ihren Leib gegen seinen sehnigen Körper.

»Ich mache alles mit«, flüsterte sie. »Alles! Ich kann dich nicht verlieren, Liebling.«

Ich erwachte. In meinem Mund war ein scharfer, rostiger Geschmack. Ich wälzte mich auf den Rücken und sah den Sternenhimmel über mir. Der Duft von Gras und Erde stieg in meine Nase. Meine Erinnerung setzte ein.

Als ich mich erhob, machte sich hinter meiner Stirn ein häßliches Klopfen bemerkbar.

Ich massierte mir den Kopf und spürte an der Schläfe die beginnende Schwellung. Langsam ging ich um den Bungalow herum. Ich stoppte am Vordereingang und klingelte. Es dauerte fast zwei Minuten, ehe die Tür einen Spaltbreit geöffnet wurde. Der Butler lugte mißtrauisch hindurch.

»Ich bin's«, sagte ich mit kratzender Stimme. »Cotton.«

Er nahm die Kette zurück und ließ mich eintreten.

»Verzeihen Sie bitte meine Aufmachung«, sagte er und blickte an seinem Morgenmantel hinab, »aber ich war bereits im Bett und fühlte mich verpflichtet, rasch zur Tür zu kommen.«

»Es liegt an mir, mich zu entschuldigen«, beruhigte ich ihn. »Die Besuchszeit ist längst vorüber . . . aber die Vorfälle des Tages ließen mir keine Ruhe, und deshalb wollte ich noch einmal vorbeischauen. Im Garten wurde ich von einem Unbekannten überfallen und niedergeschlagen.«

»Mein Gott!« hauchte der Butler. »Nehmen die Schrecken denn kein Ende?«

»Ich hätte gern ein Glas Wasser«, sagte ich.

Er führte mich in die Küche und gab mir das Gewünschte. »Hoffentlich ist Mrs. Sherwood nicht wach geworden«, meinte er. »Ich fürchte, sie ist außerstande noch weitere Aufregungen zu ertragen.«

Ich leerte das Glas mit wenigen Zügen und stellte es

in den Ausguß. »Wann haben sich die Damen hingelegt?« wollte ich wissen.

»Die Damen? Mrs. Price ist nicht mehr bei uns«, erwiderte er. »Sie wollte weg von hier, was ich gut verstehen kann. Der Arzt hat sie mitgenommen.«

»Wohin?«

»Ich weiß es nicht, Sir.«

»Kennen Sie Mr. Price?«

»Nein, Sir.«

In der Halle ertönten Schritte. »Hallo?« rief eine ängstliche Stimme.

»Wir sind in der Küche, Madam«, rief der Butler zurück und trat auf die Schwelle. Linda Sherwood tauchte auf. Sie trug einen lindgrünen, sehr eleganten Morgenmantel mit tiefem Ausschnitt.

»Mr. Cotton!« stieß sie hervor. »Was treiben Sie denn hier?«

»Er ist im Garten überfallen worden, Madam«, sagte der Butler.

»Nicht der Rede wert«, winkte ich ab. »Sicher ist nur, daß außer mir noch andere Besucher in der Nähe waren. Ich frage mich, was sie wollten.«

»Besucher?« stammelte Linda Sherwood. Sie hielt sich mit einer Hand am Kühlschrank fest. »Warum läßt man mich nicht in Ruhe? Was will man von mir?«

»Vielleicht war es nur einer«, stellte ich richtig. »Darf ich mal telefonieren?«

»Bitte«, sagte die Frau mit schwacher Stimme und wies auf das Wandtelefon. »Sie müssen den gelben Knopf drücken, dann haben Sie den Amtsanschluß.«

Ich rief die Zentrale und bat um eine Verbindung mit Lester Prater. »Da meldet sich niemand, Sir«, teilte mir die Zentrale mit.

»Lassen Sie es noch ein wenig klingeln«, bat ich.

Nach einer Minute gab ich es auf. »Prater ist nicht zu Hause«, stellte ich fest und blickte Linda Sherwood an. Auf ihren blassen Wangen bildete sich ein leichter Rotschimmer.

»Lester Prater?« murmelte sie. »Aber ich sagte Ihnen doch, daß er nicht in Frage kommt. . .«

Ich lächelte matt und hielt den Blick der Frau fest. »Es könnte ja sein, daß Sie mir einen Bären aufgebunden haben.«

»Einen Bären?« hauchte sie. »Das ist nicht Ihr Ernst! Warum hätte ich Sie anschwindeln sollen?«

»Weil er Sie telefonisch bedroht hat, und weil Sie sich aus Gründen, die ich nicht kenne, seinen Forderungen beugen mußten.«

»Das ist absurd!« behauptete sie.

»Vielleicht«, räumte ich ein. »Jedenfalls werde ich feststellen, wo Mr. Prater die Nacht verbrachte.«

Linda Sherwood straffte sich. Ihre großen Augen funkelten zornig.

»Ich habe genug von Ihnen«, sagte sie heftig. »Übergenug! Woher nehmen Sie nur den Nerv, mich so zu quälen? Dieser Tag war für mich eine Tortur. Ich habe meinen Mann verloren und einige geradezu unglaublich scheußliche Dinge erlebt. Nach vielen vergeblichen Anläufen war ich endlich eingeschlafen . . . und da kommen Sie, mitten in der Nacht, um mir erneut die verdiente Ruhe zu stehlen. Das ist seelische und körperliche Grausamkeit, dazu haben Sie kein Recht!«

»Ich kam noch einmal her, weil ich Ihnen helfen wollte«, sagte ich.

»Eine schöne Hilfe!« höhnte sie bitter. »Jetzt fängt alles wieder von vorn an. Das Nichteinschlafenkönnen. Die marternden Gedanken. . .«

»Wie gut kannten Sie Mr. Price?« fragte ich.

Der Themawechsel überraschte sie sichtlich. »Mr. Price?« echote sie. »Ich kenne ihn überhaupt nicht. Nicht persönlich, meine ich.«

»Sie sind mit Mrs. Price befreundet. Sie muß Ihnen manches über ihre Ehe erzählt haben.«

»Das Übliche, mehr nicht. Myriams Mann war ein typischer Texaner. Rauhbeinig und sehr reich. Er war nur ein Farmer, hatte aber das Glück, daß auf seinem Grund und Boden Öl entdeckt wurde.«

»Warum hat er seine Frau nicht nach New York begleitete?« fragte ich.

»Myriam reist gern allein, glaube ich. Ihr Mann macht sich nichts aus Großstädten. Er haßt sie.«

»Haßt er auch seine Frau?«

»Myriam? Machen Sie sich nicht lächerlich! Sie konnten sich selbst davon überzeugen, wie blendend sie aussieht. Oh, jetzt begreife ich, worauf Sie hinauswollen! Sie fragen sich, ob die Attacke auf Myriam nicht von ihrem Mann eingefädelt sein könnte.«

»So ist es«, nickte ich.

»Schlagen Sie sich diesen Unsinn aus dem Kopf. Er liebt seine Frau.«

»Laut Mrs. Price«, sagte ich.

»Sie spricht mit mir ganz offen über ihre Probleme«, meinte Linda Sherwood.

»Demnach gibt es welche.«

»Sie liegen genau umgekehrt. Myriam ist mit ihrem Mann nicht zufrieden. Das soll nicht heißen, daß sie sich von ihm trennen möchte. Aber sie ist New Yorkerin und hat Mühe, diesem häßlichen Texas die Faszination abzugewinnen, die ihr Mann für seine Heimat empfindet.«

»Er war vor einigen Tagen in New York«, sagte ich.

»So?« fragte Linda Sherwood, sichtlich erstaunt. »Das

verstehe ich nicht. Warum hat mir Myriam nichts davon erzählt?«

»Das ist ein Punkt, den ich gern mit Ihrer Freundin erörtern möchte. Wo finde ich sie?«

»Im Waldorf-Astoria. Sie wollen die Ärmste doch jetzt nicht stören?«

»Nein«, sagte ich nach kurzem Überlegen. »Das hat Zeit bis heute früh.«

»Stafford soll dahinterstecken? Ich kann es nicht glauben«, sagte die Frau, als sie mich durch die Halle zur Tür begleitete. Ich schaute sie an und hatte das seltsame Empfinden, daß der Gedanke an Stafford Price' Schuld sie erleichterte. Es schien, als würde sie auf diese Weise von einer drückenden Last befreit. Als wir uns verabschiedeten, klang ihre Stimme frei und gelöst. »Ich hoffe, daß es Ihnen gelingt, die scheußlichen Verbrechen rasch aufzuklären«, sagte sie. »Gute Nacht.«

Ich durchquerte den Vorgarten, ging die Straße hinab und setzte mich in meinen Jaguar. Wenn ich mich mit der Heimfahrt beeilte, würde ich noch genügend Schlaf bekommen, um am Morgen fit zu sein. Ich steckte mir eine Zigarette an und griff nach dem Zündschlüssel, verzichtete aber darauf, die Maschine zu starten.

Ich wartete.

Jetzt kam es auf eine halbe Stunde mehr oder weniger nicht an. Vielleicht war der Bursche, der mich niedergeschlagen hatte, längst über alle Berge, aber es konnte auch sein, daß er seine Mission zu beenden wünschte.

Ich rauchte die Zigarette zu Ende und warf die Kippe auf die Straße. Ich wurde schläfrig. Nach zwanzig Minuten fragte ich mich, welchen Sinn das Ganze haben sollte. Die Antwort erfolgte prompter und konkreter, als ich es erwartet hatte. Ein Mann verließ das Sherwoodsche Grundstück.

Er schritt rasch und leicht gebückt die Straße in entgegengesetzter Richtung hinab. Ich wagte es nicht, die Maschine zu starten, da ihn das plötzliche Motorengeräusch mit Sicherheit gewarnt hätte.

Er überquerte die Fahrbahn und kletterte kurz vor der nächsten Kreuzung in eine dunkelblaue Ford-Limousine. Der Wagen war zu weit entfernt, um seine Nummer erkennen zu können. Ich wartete, bis der Mann mit seinem Wagen um die Ecke gebogen war, und folgte ihm dann.

Es war ziemlich riskant, die Verfolgung ohne Licht aufzunehmen, aber ich setzte alles auf eine Karte, weil ich ihn nicht auf mich aufmerksam machen wollte.

Ich hatte keine Mühe, den großen Heckleuchten seines Wagens in gebührender Entfernung durch die menschenleeren Vorortstraßen zu folgen. Als der Ford in eine Hauptstraße einbog und sich in den fließenden Verkehr einordnete, stellte ich die Scheinwerfer meines Jaguars an.

Der Trip ging von White Plains nach New York. Ich achtete darauf, daß immer zwei oder drei Fahrzeuge zwischen dem Ford und mir fuhren, und hoffte, mich damit genügend abgesichert zu haben.

Die Fahrt endete in einer schmalen, dunklen Straße von Brooklyn.

Im Osten dämmerte der Morgen herauf, aber in den Straßenschluchten hockte noch die Nacht. Der Ford stoppte vor einem fünfstöckigen Wohnhaus, dessen trostlose Fensterhöhlen erkennen ließen, daß es auf seinen Abbruch wartete.

Ich schaffte es gerade noch rechtzeitig, meinen Jaguar in eine Parklücke zu klemmen, und schaltete das Scheinwerferlicht aus. Der Mann kletterte aus seinem Ford und blickte an der düsteren Hausfassade empor.

Dann betrat er das Gebäude, ohne einen Blick nach links oder rechts zu werfen.

Ich hörte aus dem nahen Hafen das Klirren von Ketten und Kränen. Ein kühler Wind war aufgekommen. Ich lehnte mich zurück und wünschte zu wissen, ob der Mann das Ganze nur inszenierte, weil er mich bemerkt hatte und in eine Falle zu locken wünschte. Fest stand, daß er in dem verlassenen Gebäude nicht wohnen konnte – es sei denn, daß er ein Penner war, aber dagegen sprach der Besitz des Wagens.

Er kam nicht zurück. Ich stieg aus und streckte mich. Langsam näherte ich mich dem Ford. Er hatte eine New Yorker Nummer. Ich wandte den Kopf. Der Hauseingang wurde ein Lattenkreuz vernagelt, aber natürlich war es kein Problem, darüber hinwegzusteigen.

VORSICHT, LEBENSGEFAHR! stand auf einem Blechschild neben der Tür.

Ich grinste lustlos. Diese Warnung hätte verdient, in meinen Arbeitskontrakt aufgenommen zu werden. Sie begleitete meine Kollegen und mich auf fast jeder Mission, aber wenn wir die uns übertragenen Fälle zu lösen wünschten, konnten wir die Worte selten beherzigen.

Ich hatte keine Taschenlampe bei mir. Noch während ich überlegte, was zu tun war, fiel in dem Haus ein Schuß. Dann noch einer. Danach war Stille.

Ich zögerte nur eine Sekunde, dann jumpte ich über das Lattenkreuz. Ich knipste mein Feuerzeug an. Im Licht der hochgedrehten Flamme eilte ich bis an das untere Treppenende. Ich löschte das Flämmchen und lauschte.

Irgendwo fielen Wassertropfen auf einen hohlen, metallischen Gegenstand, monoton, einschläfernd.

Es war ein großes Haus. Sicherlich gab es einen Hinterausgang, aber nur diese eine Treppe. Die Schüsse waren nach meinem Dafürhalten in einer der oberen Etagen gefallen. Wenn der Schütze das Haus verlassen wollte, mußte er die Treppe benutzen. Oder konnte er an der Fassade herabklettern?

Selbst wenn er das versuchen und schaffen wollte, konnte er es nicht ohne Geräusche zustande bringen. Ich stellte meine Lauscher hoch. Stille. Gab es auf der Rückseite eine Feuertreppe, über die man praktisch lautlos auf Socken entwischen konnte? Ich tastete mich an der Treppe vorbei in den schmalen, pechschwarzen Korridor, der zum Hinterausgang führte. Die Tür war nicht mehr vorhanden. Ich betrat den Hof und blickte an der Fassade empor. Balkons. Eine Feuerleiter. Tote Fensterhöhlen. Ein Stoffetzen, der von einem Balkongitter wehte, sonst keine Bewegung.

Ich lehnte mich gegen den Türrahmen und wartete weiter. Fünf Minuten, zehn Minuten. Dann hörte ich das Geräusch. Es kam aus dem Treppenhaus und wiederholte sich.

Ich zog meinen Smith & Wesson aus der Schulterhalfter und spannte die Muskeln. Jemand kam die Treppe herab, langsam, schleppend, mit keuchendem Atem. Ich begriff, daß es sich um einen Verletzten handeln mußte.

Er erreichte den unteren Treppenabsatz und kam direkt auf mich zu.

»Erschrecken Sie nicht«, sagte ich, blieb aber im Dunkel neben der Tür. »Kann ich Ihnen helfen?«

Der Mann stoppte. »Wer . . . wer sind Sie?« würgte er hervor. Ich konnte sein Gesicht nicht erkennen. Die Stimme war mir fremd.

»Sind Sie verletzt?« fragte ich.

»Wer sind Sie?« wiederholte er.

»G-man Jerry Cotton«, sagte ich.

Er schwieg. Dann kam er auf mich zugetorkelt. Ich hatte das Gefühl, daß er fallen würde, wenn ich ihn nicht auffing, und stieß den Revolver in die Schulterhalfter zurück. »Ich bringe Sie zu einem Arzt«, sagte ich.

Er stand dicht vor mir, gekrümmt. Ich versuchte ihn zu stützen. In diesem Moment explodierte er förmlich. Seine Faust traf mich unterhalb der Gürtellinie. Noch ehe ich richtig kapiert hatte, daß ich das Opfer eines Tricks geworden war, erwischte er mich zum zweitenmal. Ich sackte in die Knie. Er holte aus und wuchtete mir seine Handkante auf den Nacken. Mein Oberkörper kippte nach vorn.

Mein Bewußtsein schien sich in graue Nebel auflösen zu wollen. Ich stemmte mich dagegen und hörte, wie der Mann davonrannte. Die Art, wie der Bursche quer über den Hof spurtete, machte klar, daß ihm nichts fehlte.

Ich kam mühsam auf die Beine und lehnte mich schwer atmend gegen die Wand. Mir war zumute, als müßte ich mich übergeben. Das häßliche Gefühl klang nur langsam ab.

Ich war stocksauer. Der Schütze hatte gewußt, daß ich ihn erwartete. Er hatte die Schwierigkeit gemeistert, indem er sich als Opfer der Schüsse aufgespielt hatte. Er hatte mich hereingelegt.

Ich merkte, daß ich etwas in der Hand hatte. Einen Manschettenknopf. Offenbar hatte ich ihn meinem Gegner abgerissen, als ich versucht hatte, ihn festzuhalten. Ich schob den Knopf in meine Tasche und schleppte mich die Treppe hinauf.

Ich knipste das Feuerzeug an und drehte die Flamme hoch. Die Wohnungen hatten keine Türen mehr. Im zweiten Stockwerk stoppte ich auf der Schwelle eines zum Hof weisenden Zimmers. Vor mir lag ein Mann. Sein Gesicht war dem Boden zugewandt. Er hatte die Finger in die Dielenbretter verkrallt und ein Knie angezogen, als versuchte er aufzustehen. Aber er rührte sich nicht. Ich beugte mich über ihn und griff nach seinem Puls. Es war keiner vorhanden. Der Mann war tot.

Ich kam erst um acht ins Bett. Ich rief das District Office an und meldete, warum ich nicht zur gewohnten Zeit im Büro sein würde, dann schlief ich sofort ein. Um elf klingelte der Wecker. Ich stand auf und marschierte unter die Dusche. Ich drehte sie einige Male von heiß auf kalt. Das half. Ein starker Kaffee besorgte den Rest.

Ich rief Phil an.

»Du hast Glück«, sagte er. »Ich bin gerade hereingekommen. Ich war bei Prater.«

»Der wonnige Knabe«, sagte ich. »Wo war er heute nacht?«

»Im Bett.«

»Behauptet er.«

»Wir können ihm nicht das Gegenteil beweisen«, sagte Phil.

»Abwarten!« knurrte ich. »Hat man inzwischen den Toten identifiziert, den ich in dem zum Abbruch bestimmten Haus gefunden habe?«

»Ja«, erwiderte Phil. »Es ist ein mehrfach vorbestrafter Gangster namens Enrico Czarwatzki.«

»Worauf war er spezialisiert?«

»Auf die Gewalt«, erwiderte Phil. »Jetzt ist er ihr Opfer geworden. Noch eins. Der Ford, den du bis vor das Haus verfolgt hast, gehört einem Radiotechniker aus der Bronx. Der Wagen wurde ihm erst gestern gestohlen.«

»Ich habe einen Mörder laufenlassen«, preßte ich durch die Zähne. »Der Kerl hat mich meisterhaft aufs Kreuz gelegt.«

»Aus Fehlern wird man klug«, spottete Phil. »Du kannst es brauchen.«

»Vielen Dank«, sagte ich. »Immerhin haben wir den Knopf.«

»Welchen Knopf?«

»Den Manschettenknopf des Mörders.«

»Ach den«, meinte Phil geringschätzig. »Lieutenant Haggerty von der Mordkommision hat sich erlaubt, den Wert des Knopfes in Zweifel zu ziehen. Haggerty hat festgestellt, daß das Modell für einen Dollar und achtzig Cents in fast jedem Kaufhaus gehandelt wird. Es dürfte davon einige hunderttausend geben. Wenn wir den Knopf in der Presse abbilden lassen, gibt es einen Amoklauf aufgebrachter Ehefrauen.«

»Es kann nicht viele Leute geben, denen seit heute nacht einen dieser Knöpfe fehlt.«

»Dein Killer ist kein Anfänger«, machte Phil mir klar. »Wenn er merkt, daß er den Knopf verloren hat, wird er sich im nächstbesten Kaufhaus Ersatz beschaffen. Nein, es wäre unsinnig, wenn wir den Manschettenknopf abbilden ließen.«

»Hast du Stafford Price in Texas erreicht?«

»Er meldet sich nicht.«

»Wo ist seine Frau Myriam abgestiegen?«

»Im Waldorf Astoria.«

»Danke«, sagte ich. »Ich fahre jetzt zu ihr.«

»Mrs. Price ist für niemand zu sprechen«, erklärte mir der Portier des Waldorf Astoria eine halbe Stunde später. »Sie liegt krank im Bett.«

Ich zeigte ihm meinen Ausweis. »Mit mir wird sie eine Ausnahme machen.«

»Ich will es versuchen, Sir«, meinte er und griff nach dem Telefonhörer. »Entschuldigen Sie die Störung, Madam«, sagte er dann mit halb gewandtem Kopf. »Hier ist ein FBI-Beamter, ein Mr. Cotton ... wie, bitte? Ja, geht in Ordnung.« Er legte auf und schaute mich an. »Zimmer 114«, sagte er gedämpft und mit Verschwörermiene. »Klopfen Sie bitte zweimal kurz. Mrs. Price glaubt gute Gründe zu haben, ihr Zimmer unter Verschluß halten zu müssen. Sie öffnet nur den Gästen, die dieses Zeichen kennen.«

Der Lift brachte mich nach oben. Die Tür öffnete sich.

»Mrs. Sherwood!« sagte ich überrascht.

Linda Sherwood lächelte säuerlich und ließ mich eintreten. »Ich war Myriam diesen Krankenbesuch schuldig«, sagte sie und schloß die Tür hinter mir ab.

Myriam Price lag im Bett. »Hallo, G-man«, meinte sie. »Ich muß zugeben, daß mich Ihr Besuch keineswegs froh stimmt. Sie haben die irritierende Eigenart, stets ein Bündel Aufregungen mit sich herumzuschleppen. Sobald Sie auftauchen, passiert irgend etwas.«

»Das kenne ich. Es ist immer nur der Auftakt«, beruhigte ich sie. »Das gute Ende kommt bestimmt.«

»Das gute Ende für wen?« fragte sie.

»Für die Braven natürlich«, spottete Linda Sherwood und zog sich einen Stuhl heran. Sie setzte sich an das Fußende des Bettes und schlug ein Bein über das andere. In einem dunkelblauen Stadtkostüm sah sie sehr damenhaft und seriös aus. »Für die Verfechter von Sitte und Moral!«

»Das klingt ein wenig pathetisch«, sagte ich und lächelte dünn, »aber so ungefährt war es gemeint.«

»Es ist nur jammerschade, daß zwischendurch so viel Blut fließen muß«, meinte Linda Sherwood bitter.

»Kein schönes Thema«, gab ich zu, »aber die

Umstände machen es leider notwendig, daß wir dabei bleiben. Kannten Sie Enrico Czarwatzki?«

Mir schien es so, als zuckte Linda Sherwood leicht zusammen, aber sie brachte es fertig, meinem Blick frei und offen zu begegnen. »Was für ein Name!« murmelte sie. »Schawasski?«

»Czarwatzki, Enrico«, sagte ich. »Er wurde in der vergangenen Nacht ermordet.«

»Von wem?« fragte Linda Sherwood. Ihre Stimme klang atemlos, aber sonst gab es keine Anzeichen dafür, daß sie die Nachricht erregte.

»Keine Ahnung«, sagte ich. »Der Mörder ist mir dummerweise entwischt.«

»Das ist nicht gerade gut für Ihre Beförderungsaussichten, nicht wahr?« meinte Linda Sherwood mit mildem Spott.

»Pannen wie diese lassen sich reparieren«, tröstete ich sie. »Ich bin darauf spezialisiert.«

»Ich verstehe kein Wort«, mischte sich Myriam Price nervös ein und strich mit ihren manikürten Händen unruhig über die Bettdecke. »Was ist mit diesem Schwasski?«

»Czarwatzki«, korrigierte ich erneut. »Er wurde ermordet. Entweder war Czarwatzki der Mann, dem ich von Mrs. Sherwoods Grundstück bis in die Stadt folgte, oder Czarwatzki wurde ein Opfer dieses Mannes.«

»Ich begreife noch immer nichts von dem, was Sie sagen wollen«, hauchte Myriam Price.

»Liebling, das ist doch ganz einfach«, meinte Linda Sherwood. »Irgend jemand hat sich bei mir im Garten herumgetrieben. Mr. Cotton ist diesem Mann gefolgt. Dabei stieß er auf eine Leiche. Nun weiß unser tüchtiger G-man nicht, ob der Tote identisch ist mit dem Mann, dem er folgte, oder ob dieser Mann ihm als Mörder des Czarwatzki zu entwischen vermochte.«

»Ich glaube zu wissen, daß dieser Enrico Czarwatzki bei Ihnen im Garten war«, sagte ich. »Ich konnte sein Gesicht in der Dunkelheit nicht erkennen, aber Größe und Figur des Toten lassen darauf schließen, daß ich recht habe.«

»Was hätte dieser Bursche in meinem Garten suchen sollen? Erst Carsson, dann Czarwatzki . . . ich begreife das nicht!« murmelte die Frau.

»Und beide tot!« meinte Myriam Price fröstelnd.

»Enrico Czarwatzki stoppte in einer dunklen Nebenstraße Brooklyns vor einem abbruchreifen Haus und ging hinein«, fuhr ich fort. »Ich hörte, wie in dem Haus zwei Schüsse fielen, und wartete. Der Mann, der wenig später die Treppe herunterkam, war Czarwatzkis Mörder. Er muß gewußt oder geahnt haben, daß ich unten wartete. Das brachte ihn auf die brillante Idee, einen Verletzten zu markieren. Ich nahm natürlich an, daß ich das Opfer der beiden Schüsse vor mir hatte. . .«

»Keine Glanzleistung«, stellte Linda Sherwood fest.

»Zugegeben«, räumte ich ein. »Allerdings halte ich mich für steigerungsfähig.«

»Ich hoffe in Ihrem und unserem Interesse, daß diese Entwicklung rasch vonstatten geht.«

»Wo ist Ihr Mann?« fragte ich Myriam Price.

Sie blinzelte nervös. »Woher soll ich das wissen?« erwiderte sie. »Zu Hause, nehme ich an!«

»Warum nehmen Sie das nur an? Wissen Sie es nicht genau?« fragte ich.

»Nein. Aber er ist in Texas. Wo sollte er denn wohl sonst sein?« fragte sie.

»Das möchte ich von Ihnen erfahren.« Ich verschränkte die Arme vor der Brust. »Sie wurden gestern durch einen gefährlichen Messerstich verletzt . . .«

»Er war nicht gefährlich«, fiel sie mir ins Wort. »Nur eine Fleischwunde.«

Ich nickte. »Trotzdem können wir unterstellen, daß es ein Mordanschlag war. Hätte es da nicht nahegelegen, daß Sie sofort Ihren Mann davon in Kenntnis setzen?«

»Nein!« schnappte sie. »Stafford hätte sich nur unnötige Sorgen um mich gemacht und meinen Trip sofort abgeblasen! Er hätte mich nie wieder nach New York reisen lassen und in dem Vorfall eine Bestätigung seiner albernen Theorie gesehen, derzufolge jede Großstadt ein Sündenbabel ist, ein Sumpf von Verbrechen und Gemeinheiten.«

»Fährt er selbst nie in die Stadt?«

»Nicht, wenn er es vermeiden kann.«

»Haben Sie Mrs. Price über den Inhalt unserer letzten Unterredung informiert?« fragte ich Linda Sherwood.

»Dazu bin ich noch nicht gekommen.«

»Habt ihr über mich gesprochen?« fragte Myriam Price.

»Mr. Cotton hatte einige Fragen, die sich auf den Wert und die Art eurer Eheführung bezogen«, meinte Linda Sherwood. »Ich habe ihm klargemacht, daß es für Stafford keinen Grund gibt oder gab, mit einem Messer auf dich loszugehen.«

»Oh, ich verstehe«, murmelte Myriam Price und schaute mir in die Augen. »Sie glauben, der Überfall auf mich könnte auf ein Ehezerwürfnis zurückzuführen sein. Ich hoffe, ich gieße kein Öl auf Ihr Feuer, wenn ich bestätige, daß es zwischen Stafford und mir häufig Streit gibt. Er ist ein Landmensch, und ich kann New York nicht vergessen. Da gibt es oft Spannungen und Reibereien. Aber es ist nichts Ernsthaftes, es ist nichts, was zu einer solchen Attacke führen könnte. Schlagen Sie sich diesen Unsinn aus dem Kopf! Stafford liebt mich. Er würde niemals seine Hand gegen mich erheben.«

»Wie erklärt es sich dann, daß er Carsson kannte?«

»Carsson? Den Mann, der vor unseren Augen ermordet wurde?« flüsterte Myriam Price.

»Genau den«, nickte ich.

»Das halte ich für ausgeschlossen! Sie müssen sich irren«, meinte sie.

»Haben Sie ein Bild Ihres Gatten dabei?«

»Ja – in meiner Handtasche. Linda, Liebling, reiche sie mir herüber, bitte . . .«

Linda Sherwood erhob sich. Sie holte die Handtasche von einer Konsole und stellte sie vor Myriam Price auf das Bett. Myriam Price holte eine Postkarte aus der Handtasche und überreichte mir das Foto.

»Das ist Stafford«, sagte sie. »Natürlich im Cowboydreß! Daran können Sie erkennen, wie er denkt und fühlt. Er ist mit Leib und Seele ein Mann des Westens.«

»Er ist bedeutend älter als Sie«, stellte ich fest.

»Das macht sich vor allem in seinen Anschauungen bemerkbar«, meinte sie spitz.

»Darf ich das Bild behalten?«

»Was wollen Sie denn damit?« wunderte sie sich. »Ich habe nur das eine von ihm.«

»Sie bekommen es zurück«, versprach ich.

»Er hält den guten Stafford noch immer für den Mann, der Carsson kaufte und auf dich hetzte . . . also wohl auch für Carssons Mörder«, spottete Linda Sherwood. »Wenn du Mr. Cotton das Foto vorenthältst, wird er glauben, daß du Stafford zu decken versuchst.«

»Aber das ist doch Unsinn«, meinte Myriam Price ärgerlich. »Meinetwegen behalten Sie das Foto, ich kann mir zu Hause eine zweite Vergrößerung davon anfertigen lassen.«

»Vielen Dank«, sagte ich und steckte das Bild in meine Brieftasche. »Wußten Sie übrigens, daß Ihr Mann vor einigen Tagen in New York war?«

»Das ist völlig ausgeschlossen«, sagte sie.

»Wieso?«

»Wir waren täglich zusammen. Morgens, mittags, abends. Tag für Tag.«

»Dann muß es einen Doppelgänger geben, der den Namen Ihres Mannes benutzte. Leidet Mr. Price an vegetativen Störungen?«

»Was ist denn das, um Himmels willen?«

»Gefäß- und Kreislaufbeschwerden, Herzrhythmusstörungen«, sagte ich.

»Stafford ist kerngesund. Er läßt keinen Arzt an sich heran«, sagte Myriam Price.

»Hm«, machte ich. »Das entlastet ihn. Kennen Sie Mr. Lester Prater?«

»Linda berichtete mir von ihm«, sagte sie ausweichend.

»Ich möchte wissen, ob Sie ihn persönlich kennen.«

»Ja und nein. Linda machte mich darauf aufmerksam, daß Prater und ich vor Jahren im gleichen Golfklub waren. Ich glaube nicht, daß ich Lester wiedererkennen würde. Der Klub war sehr mitgliederstark, und ich habe meines Wissens niemals mit Mr. Prater den Kurs abgeschritten.«

»Danke«, sagte ich und blickte auf meine Uhr. »Ich muß jetzt gehen.«

Linda Sherwood brachte mich zur Tür. Ich blieb stehen und schaute sie an. »Sie stellen erstaunlich wenig Fragen, Mrs. Sherwood«, sagte ich.

»Oh, und das ist natürlich höchst verdächtig für Sie, nicht wahr?«

»Vielleicht«, sagte ich. »Als ich Enrico Czarwatzkis

Namen nannte, reagierten Sie sichtlich betroffen. Aber Sie setzten nicht nach, Sie gaben sich mit meinen zurückhaltenden Angaben zufrieden.«

»Den Rest werde ich wohl in der Zeitung lesen«, meinte sie bitter. »Ich habe genug von diesen Verbrechen, genug von der Angst und der Gewalt. Aber ich will Sie nicht gehen lassen, ohne Ihnen ein paar Worte mit auf den Weg gegeben zu haben, die mein Verhalten beleuchten. Ich glaube zu wissen, daß James' Geschäfte nicht so astrein waren, wie es nach außen hin erschien. Die Mordkommission hat mich heute morgen angerufen. Es scheint festzustehen, daß James' Unfall ein Verbrechen war. Also Mord, wenn Sie so wollen. Da ich nichts damit zu tun habe, muß es Leute geben, die ihm nach dem Leben trachten und damit Erfolg hatten. Diese Leute suchen irgend etwas. Sie vermuten es möglicherweise im Garten meines Hauses. Das ist wahrscheinlich die Erklärung für die gestrigen Ereignisse. Ich selbst habe damit nichts zu schaffen. Carsson oder Czarwatzki – diese Namen sagen mir nichts. Wenn Sie glauben sollten, daß ich lüge, kann ich es nicht ändern. Ich wiederhole, daß ich an den schrecklichen Ereignissen keine Schuld trage. Genügt Ihnen das?«

»Ja, das genügt mir«, erwiderte ich und betrachtete meine Hände. »Schmutzig«, stellte ich fest. »Darf ich mal das Bad benutzen?«

»Wir wären Ihnen dankbar, wenn Sie sich damit ein wenig beeilen«, sagte Linda Sherwood. »Wir möchten gern allein sein und wie alte Freundinnen miteinander reden können.«

Ich betrat das Badezimmer und säuberte meine Hände. Als ich sie abtrocknete, fiel mein Blick auf den Papierkorb neben der Badewanne. Ich blickte hinein. Zwischen einigen zusammengeknüllten Papiertüchern blitzte mir ein Manschettenknopf entgegen. Ich bückte mich und holte ihn heraus.

»Wem gehört der?« fragte ich und trat an Myriam Price' Bett.

Myriam Price sah erstaunt aus. »Mir nicht«, sagte sie. »Wo haben Sie ihn gefunden?«

»Er lag im Papierkorb des Badezimmers.«

»Schnüffler haben die Angewohnheit, ihre Nase überall hineinzustecken«, spottete Linda Sherwood.

»Du warst vorhin im Bad, Liebste«, sagte Myriam Price, deren Augen sich kaum merklich verengt hatten.

»Was willst du damit sagen?« brauste Linda Sherwood auf. »Ich trage keine Manschettenknöpfe. Schon gar nicht so billige, geschmacklose Dinger.«

»Einen solchen Manschettenknopf hat Czarwatzkis Mörder getragen«, stellte ich fest.

»Wie kommt der Knopf in meinen Papierkorb?« fragte Myriam Price atemlos.

»Das möchte ich von Ihnen wissen!«

»Fragen wir den Etagenkellner?« Myriam Price griff nach dem Klingelknopf, der an einer Schnur neben dem Bett herabhing.

»Laß dich nicht bluffen, Liebste«, sagte Linda Sherwood. »Seine Hände waren blitzsauber. Er wollte nur ins Bad, um uns auszutricksen. Er hat den Knopf mitgebracht, das ist doch klar! Es ist ein Bluff von ihm.«

»Stimmt, ich wollte mich im Badezimmer umsehen«, sagte ich. »Aber die von Ihnen gemachte Unterstellung weise ich scharf zurück. Der Knopf lag im Papierkorb!«

Es klopfte. Linda Sherwood schloß die Tür auf.

Der Etagenkellner betrat den Raum. Er war hochaufgeschossen, beinahe knochig. Auf seine Nase saß eine schwarze Hornbrille, die ihn wie eine Intelligenzbestie aussehen ließ.

»Wann wurde der Papierkorb im Bad zuletzt entleert?« fragte ich ihn.

»Heute morgen, Sir«, erwiderte er. »Jeden Morgen, um genau zu sein.«

Ich streckte ihm die offene Hand mit dem glitzernden Manschettenknopf entgegen. »Kann das dabei darin zurückgebliebne sein?«

»Da müßte ich mich schon an die Putzfrau wenden«, meinte er. »Aber das halte ich für ziemlich überflüssig. Son Ding bleibt nicht am Boden kleben. Es muß, mit Verlaub zu sagen, nach der Entleerung im Papierkorb gelandet sein.«

»Das glaube ich auch«, sagte ich. »Wann war die Putzfrau hier?«

»Kurz vor zehn«, sagte Myriam Price.

»Danke«, sagte ich zu dem Kellner. Er verbeugte sich und verließ das Zimmer.

»Well?« äußerte Linda Sherwood. Sie hob angriffslustig ihr Kinn und schaute mich an.

Ich betrachtete den Knopf. »Nach allem, was wir gehört haben, ist anzunehmen, daß der Mörder nach zehn Uhr hier im Zimmer war«, sagte ich.

»Im Bad, meinen Sie«, sagte Linda Sherwood.

»In beidem. Er mußte durch das Zimmer, um das Bad zu erreichen.«

»Es muß nicht der Mörder gewesen sein«, sagte Linda Sherwood. »Aber eine Person, die den Mörder kennt und seinen Manschettenknopf besaß.«

»Ich sehe nur zwei Möglichkeiten«, äußerte Myriam Price mit scharfer Stimme. »Entweder wurde der Knopf von Ihnen, Mr. Cotton, oder von dir, Linda, in den Papierkorb praktiziert! Ich selbst sehe das Ding zum erstenmal.«

»Das ist ja reizend!« sagte Linda Sherwood. »Was

bringt dich dazu, mich ohne jeden Grund zu beschuldigen? Ist dir eigentlich klar, was du mit diesen Worten anstellst?«

»Ich beschuldige dich nicht, aber ich komme nicht an einigen sehr beunruhigenden Tatsachen vorbei«, meinte Myriam Price aufgebracht. »Ich wurde in deinem Haus angegriffen und niedergestochen. . .«

»Hatte ich dich gebeten, mich zu besuchen?« fiel Linda Sherwood der Freundin ins Wort.

»Nein«, gab Myriam Price zu, »aber das ist jetzt nebensächlich. Jetzt werde ich infolge des Knopfes sogar verdächtigt, einen Mörder empfangen zu haben . . . und wieder bist du in der Nähe! Du kannst nicht erwarten, daß ich darin erneut einen dummen Zufall sehe.«

Das Blut schoß in Linda Sherwoods Wangen. »Vielen Dank für deine klaren Worte«, sagte sie. »Ich war bis jetzt der Ansicht, daß wir Freundinnen seien. Wie ich sehe, trifft das nicht länger zu. Du denkst darüber plötzlich anders. Nun, vielleicht ist es besser so. Nur eines möchte ich bei dieser Gelegenheit noch feststellen. Du haßt deinen Mann! Du hast mir wiederholt gesagt, wie gern du ihn loswerden möchtest! Ich frage mich, ob der gute Stafford davon nicht Wind bekommen hat und jetzt den Spieß umzukehren versucht!«

Sie rauschte zur Tür, öffnete sie und ging grußlos hinaus.

»Was hat sie da gesagt?« murmelte Myriam Price entgeistert.

»Sie behauptet, daß Sie Ihren Mann hassen, und hält es für möglich, daß er sich dafür zu rächen versuchte.«

»Das kann sie doch nicht im Ernst gemeint haben«, Myriam Price schüttelte den Kopf.

»Es hörte sich aber so an.«

»Sie ist durchgedreht. Vielleicht habe ich sie zu hart angefaßt«, meinte Myriam Price. »Linda hat ihren Mann verloren. In gewissen Weise mußte sie mehr als ich durchmachen. Das muß ich ihr zugute halten. Trotzdem bin ich froh, daß sie gegangen ist. Linda ist kalt und gefühllos. Ich frage mich, warum mir das nicht schon früher aufgefallen ist.«

»War Ihr Mann in New York?«

»Scheren Sie sich zum Teufel!« brach es mit plötzlichem Zorn aus der Frau hervor. »Ich sagte Ihnen bereits, daß Stafford die Stadt haßt und daß ich täglich mit ihm zusammen war.«

»Danke!« Ich verließ das Zimmer.

»In welchem Zimmer finde ich diesen Gast?« fragte ich den Portier und zeigte ihm Stafford Price' Foto.

Er betrachtete es kurz und gab es mir dann kopfschüttelnd zurück. »Er wohnt nicht im Hause, Sir.«

»Kennen Sie ihn?«

»Nicht, daß ich es wüßte, Sir.«

Ich schob ihm erneut das Bild hin. »Denken Sie sich den Stetson und die Cowboykluft weg«, sagte ich.

Er legte die Stirn in Falten. »Hm . . . ist es wichtig?«

»Es geht um Mord«, sagte ich.

Er befeuchtete sich den Mund mit der Zungenspitze. »Es besteht eine gewisse Ähnlichkeit mit Mr. Stevens«, sagte er zögernd.

»Einem Gast?«

»Ja, er hat das Zimmer 421.«

»Stammgast?«

»Nein, Sir. Meines Wissens ist er zum erstenmal bei uns abgestiegen.«

»Woher kommt er?«

»Aus Arkansas, Sir.«

»Danke«, sagte ich.

Der Lift brachte mich in die vierte Etage. Ich klopfte an die Tür des Zimmers 421. Niemand öffnete. Ich wiederholte das Klopfen. Der Hotelkorridor war menschenleer. Ich bückte mich und stellte fest, daß der Schlüssel auf der Innenseite steckte. Demzufolge mußte jemand im Zimmer sein. Ich klopfte lauter und stärker, ohne Erfolg.

Ich probierte, ob die Tür abgeschlossen war. Sie ließ sich öffnen. Ich trat ein und rief: »Hallo!«

Keine Antwort.

Das Bett war zerwühlt. Auf dem Stuhl lagen Unterwäsche, Socken und ein Oberhemd. Die Hose und das Anzugjackett hingen über der Lehne. Die Schuhe standen unter dem Bett.

»Hallo!« wiederholte ich.

Die Tür zum Bad stand offen. Ich trat auf die Schwelle und spürte, wie mein Herz einen schmerzhaften Sprung machte.

In der gefüllten Badewanne lag ein Mann.

Das Wasser hatte sich rot gefärbt. Sein Spiegel war völlig glatt. Es mußte einige Zeit verflossen sein, seitdem der Todeskampf des Mannes für die wilden Wasserspritzer gesorgt hatte, deren Niederschlag sich in den handtellergroßen Lachen auf dem Fliesenboden abzeichnete.

Ich machte kehrt, griff nach dem Telefonhörer und wählte die Nummer der Mordkommission.

Ich bekam einen trockenen Mund, als ich das Oberhemd des Toten ausbreitete und feststellte, daß die Manschetten ohne Knöpfe waren.

Ich griff in das Anzugjackett und suchte vergeblich nach der Brieftasche. Ich fand nur eine Rolle mit Banknoten in seiner Hose. Ich zählte siebenhundert Dollar. Ich steckte das Geld in die Tasche zurück und öffnete den Koffer des Toten.

Hinter mir entstand ein Geräusch. Ich zuckte herum und blickte in eine Pistolenmündung. Der Mann, der die Waffe in seiner Hand hielt, machte einen drahtigen, selbstsicheren Eindruck. Er trug einen gut geschnittenen sandelholzfarbigen Anzug und grinste matt.

»Hände hoch!« sagte er.

Ich schätzte ihn auf fünfunddreißig. Er hatte eine Narbe an der Stirn und helle, zwingende Augen. Er war mir nicht unsympathisch, aber die Art, wie er hier eingedrungen war, fand ich ebensowenig begrüßenswert wie das, was er von mir verlangte.

»Hände hoch!« wiederholte er.

Ich gehorchte langsam. Er schob die Tür hinter sich mit dem Fuß zu.

»Ein guter Fang, vermute ich«, sagte er. »Sind Sie Mr. Stevens?«

»Jerry Cotton ist mein Name.«

»Klar«, höhnte er. »Sie sind der berühmte G-man! Können Sie sich nichts Dümmeres einfallen lassen?«

»Ich kann mich ausweisen.«

»Unterstehen Sie sich, die Hände zu senken oder in Ihre Taschen zu fassen!« stieß er hervor.

»Wer sind Sie?«

»Dreimal dürfen Sie raten!«

»Der Hoteldetektiv«, sagte ich.

Er grinste. »Wie ich sehe, haben Sie Erfahrungen im Umgang mit Leuten meines Berufes. Schon mal erwischt worden?«

»Stevens ist tot«, sagte ich. »Nur heißt er nicht Stevens, sondern Price.«

»Was reden Sie da?«

»Werfen Sie mal einen Blick in die Badewanne«, empfahl ich ihm.

»Treten Sie zurück!« befahl er scharf. Ich gehorchte. Er durchquerte den Raum, ohne mich aus den Augen zu lassen. Als er die offene Badezimmertür erreicht hatte und einen Blick ins Innere des Raumes warf, zuckte er heftig zusammen. Dann ließ er die Waffe sinken. »Okay«, sagte er. »Sie können die Hände herunternehmen.«

»Donnerwetter«, sagte ich. »Ich rechnete damit, daß Sie fragen würden, warum ich es getan habe.«

Er schob die Pistole in seine Schulterhalfter. »Nicht nötig«, sagte er. »Ich kann sehen, daß er schon längere Zeit tot ist. Sie wären längst über alle Berge, wenn Sie es getan hätten. Sind Sie wirklich Jerry Cotton?«

»Hier ist mein Ausweis«, sagte ich.

»Erfreut, Sie kennenzulernen. Ich habe schon viel von Ihnen gehört. Habe ich mich sehr blamiert?«

»Keineswegs«, sagte ich. »Helfen Sie mir bitte, sein Gepäck zu durchsuchen.«

»Hm«, machte der Detektiv. »Klassesachen! Handgearbeitete Oberhemden. Seidene Socken und seidene Unterwäsche. War der Bursche andersrum?«

»Nein«, erwiderte ich. »Nur reich.«

»Blöde Frage von mir«, entschuldigte sich der Hoteldetektiv. »Mein Name ist übrigens McAllister. Harry McAllister. Ich kann mich einfach nicht daran gewöhnen, daß ich in diesem Saftladen immerzu Umgang mit reichen Leuten habe. Ich bilde mir meistens ein, sie müßten auf krumme Touren zu ihren Vermögen gekommen sein. Ein Komplex von mir.«

»Für viele wird er zutreffen«, sagte ich. »Was brachte Sie dazu, ohne Anklopfen hier einzudringen?«

»Ach so . . . das hat der Anruf bewerkstelligt. Eine

Frau riet mir, mich hier oben mal umzusehen. Sie will gesehen haben, wie sich ein Einschleichdieb in die 421 mogelte.«

»Nannte die Frau ihren Namen?«

»Sie legte auf, noch ehe ich sie danach fragen konnte«, sagte McAllister.

»Wie klang ihre Stimme? Jung oder alt?«

»Eher jung, aber nicht blutjung«, meinte er. »Es war die Stimme einer Dreißigjährigen.«

»Ich bin gleich zurück«, sagte ich und hastete aus dem Zimmer. Ich fuhr mit dem Lift in die erste Etage und klopfte an Myriam Price' Zimmertür. Niemand antwortete.

Diesmal machte ich keinen zweiten Versuch. Ich probierte sofort, ob sich die Tür öffnen ließ. Sie gab lautlos nach.

Ich betrat das Zimmer.

Das Bett war leer.

»Mrs. Price!« rief ich. Keine Antwort.

Ich schaute in das Bad und in den eingebauten Kleiderschrank. Dann trat ich an das Telefon. »Rezeption, bitte«, sagte ich, als sich die Zentrale meldete.

Während ich ungeduldig wartete, stellte ich mit einem raschen Blick fest, daß die Handtasche von Myriam Price verschwunden war, daß sich aber noch ihre Koffer und eine Reisetasche im Zimmer befanden.

»Rezeption«, tönte eine verbindliche Männerstimme aus dem Hörer.

»Cotton«, meldete ich mich. »Hat Mrs. Myriam Price das Hotel verlassen?«

»Ich habe sie nicht bemerkt, Sir«, antwortete er. »Der Schlüssel hängt nicht am Brett. Sie hat ihn nicht abgegeben.«

»Dank«, sagte ich und legte auf.

Ich kehrte zurück in die vierte Etage und betrat das Zimmer 421. »Was Neues?« fragte McAllister.

»Myriam Price ist verschwunden«, sagte ich.

»Ein Gast?«

»Ja, sie wohnte in der 114.«

»Oh, Sie meinen die Verletzte aus der ersten Etage?« fragte er. »Eine Klassefrau! Ist sie in den Fall verwikkelt?«

Ich zuckte mit den Schultern. »Schwer zu sagen. Sie war mit dem Toten verheiratet.«

»Ich denke, sie heißt Price?«

»So heißt auch der Tote«, machte ich ihm klar. »Stafford Price. Er hatte offenbar gute Gründe, sich unter einem falschen Namen einzutragen.«

»Hat sie ihn abserviert?«

»Das muß die Mordkommission feststellen.«

McAllister zuckte mit den Schultern. »Mich überrascht nichts mehr«, meinte er lakonisch. »Das bringt mein Beruf so mit sich. Man verlernt das Wundern.«

Ich setzte mich. Der Gedanke an den Manschettenknopf spukte mir im Kopf herum. Ein Mann wie Stafford Price, der seidene Socken und seidene Unterwäsche trug, ein Ölmillionär aus Texas – würde der billige Manschettenknöpfe, das Paar zu einsachtzig akzeptieren?

Ich dachte an Lester Prater. Auch zu Prater wollten die billigen Knöpfe nicht passen.

»Hat er Manschettenknöpfe in seinem Koffer?« fragte ich den Hoteldetektiv.

»Fehlanzeige«, erwiderte McAllister nach kurzer Suche. »Nicht einen.«

»Er hat sie zu Hause liegengelassen, einfach vergessen«, vermutete ich. »Was tut ein Mann wie er in einer solchen Lage? Wenn er das Versäumnis im Hotel bemerkt, bittet er das Zimmermädchen, den Etagenkellner oder einen Liftboy um Ersatz. Wahrscheinlich hat er sich die billigen Dinger besorgt – und zwar von irgend jemand, der sich keine besseren leisten kann.«

»Wenn es wichtig für Sie ist, kriege ich das schnell heraus«, versicherte McAllister und verließ das Zimmer. Fünf Minuten später kehrte er zurück.

»Bunny hat sie ihm gegeben. Bunny Ferguson, der Etagenkellner«, berichtete er. »Stevens hat dafür eine Zehndollarnote springen lassen.«

»Price«, korrigierte ich.

»Was bedeutet das für Sie?«

»Eine ganze Menge«, sagte ich. »Alles deutete darauf hin, daß Stafford Price ein Doppelmörder war. Er hat Henry Carsson und Enrico Czarwatzki auf dem Gewissen . . . aber den letzten Beweis muß ich noch beschaffen.«

»Demnach war Price gar kein Öl-Millionär?« fragte McAllister.

»Das wird sich zeigen.« Ich trat ans Telefon und rief das District Office an. Eine halbe Minute später hatte ich Mr. High an der Strippe.

»Stafford Price wurde ermordet«, sagte ich. »Er ist unter einem Decknamen im Waldorf Astoria abgestiegen. Alles deutet darauf hin, daß er heute morgen noch mit seiner Frau zusammen war, die drei Etagen unter ihm wohnte. Ich fand im Papierkorb ihres Badezimmers den zweiten Manschettenknopf. Price hat ihn dort offenbar weggeworfen.«

»Was sagte seine Frau dazu?«

»Sie bestritt, daß er bei ihr war, sie stellte auch in Abrede, daß er schon vor einigen Tagen in New York gewesen sei. Ich weiß nicht, warum sie gelogen hat . . . aber ich fange an, die Hintergründe zu erahnen. Jetzt ist sie verschwunden. Ich schlage vor, daß wir sofort ein Rundtelegramm aufgeben, um die Fahndung auf volle Touren zu bringen. Außerdem sollten wir unsere texanischen Kollegen darum bitten, uns sofort alle verfügbaren Informationen über Stafford Price zu liefern. Vorstrafen, Leumund, Eigenheiten, Freunde – vor allem seine Verbindungen nach New York.«

»Glauben Sie, daß Stafford Price ein Opfer der Bande wurde, die auch James Sherwood auf dem Gewissen zu haben scheint?« fragte Mr. High.

»Es sieht so aus«, sagte ich. An der Tür klopfte es. »Die Mordkommission«, sagte ich. »Ich muß auflegen.«

Vor dem Haus parkten mindestens zwei Dutzend Fahrzeuge. Alle Fenster waren erleuchtet. Einige davon standen offen. Ich hörte den stampfenden Rhythmus von Tanzmusik, Lachen und Gläserklirren. Richard Matteson gab eine Party. Die Größe seines Long-Island-Bungalows und die Klasse der Gästewagen ließ darauf schließen, daß es eine Zusammenkunft von gesellschaftlichem Rang war.

Ich zählte zwei Rolls-Royce, drei Lincoln Continental, einen De Tomaso und einen Maserati. Der Rest war auch nicht von schlechten Eltern. Wäre mein Flitzer eingebildet gewesen, hätte er allen Grund gehabt, sich in dieser versnobten Umgebung wohl zu fühlen.

Ich ging einfach mitten hinein in den Trubel, weil ich wußte, wie es auf Parties dieser Art zuzugehen pflegt. Tatsächlich fragte niemand nach meiner Karte oder meinem Namen. Es wurde als selbstverständlich vorausgesetzt, daß ich dazugehörte. Der Butler lächelte mir verbindlich entgegen. Ich lächelte zurück und schnappte mir ein Glas von dem silbernen Tablett, das ein schwitzender Lohndiener durch die Halle schleppte.

Auf der Fahrt zu Mattesons Bungalow hatte ich eine kleine Theorie entwickelt. Sie erschien mir handfest und plausibel, aber sie war keinen Cent wert, wenn es mir nicht gelang, sie in einigen Punkten zu untermauern. Ich war hergekommen, weil ich hoffte, daß mir das gelingen würde.

In den großen, elegant ausgestatteten Räumen herrschte eine Mordsstimmung. Einige Stereoanlagen spielten beinahe wütend gegeneinander an. An den Schnittpunkten der lauten Musik konnte man kaum sein eigens Wort verstehen, aber das schien niemand zu stören.

Ich suchte nach bekannten Gesichtern, aber zunächst entdeckte ich nicht einmal Matteson. Ein Teil der Gesellschaft hatte sich im Garten versammelt und saß um den großen Swimmingpool, auf dessen Wasserfläche sich die bunten, an Drähten aufgehängten Lampions spiegelten.

Ein dunkelhaariges Mädchen lächelte mir verheißungsvoll in die Augen, während ihr nicht mehr ganz junger Begleiter meinen Sportsakko mit einem eher verächtlichen Blick bedachte. Ich war zum Glück nicht der einzige, der sich für diese Party recht lässig gekleidet hatte, aber es gab auch Leute, die in großer Abendtoilette erschienen waren.

»Hallo«, rief einer hinter mir. »Suchen Sie jemand?«

Es war das dunkelhaarige Mädchen. Sie hatten ihren Begleiter abgeschüttelt.

»Jetzt nicht mehr«, erwiderte ich lächelnd.

Sie lachte. »Ich sehe Sie zum erstenmal hier.«

»Meine Spezialität«, behauptete ich. »Wenn es sich einrichten läßt, gehe ich zu jedem Gastgeber nur einmal. Als neues Gesicht hat man Chancen. Man amüsiert sich besser.«

»Das hört sich an, als seien Sie ein professioneller Nassauer«, meinte sie.

»Vielleicht bin ich einer«, sagte ich. »Und Sie? Gehören Sie zu den Freunden des Hauses?«

»Klar«, lachte sie. »Auf mich können sie nicht verzichten. Ich bin eine Stimmungskanone. Aber vor Mitternacht erreiche ich nur selten mein volles Format.«

Sie war nicht älter als zweiundzwanzig und von herausfordernder Attraktivität. Dunkle, schimmernde Augen unter langen Wimpern, dunkler, kurzer Haarschopf, ein langer, vollkommen geformter Hals, und eine Figur, die auf Männerblicke wie ein Magnet wirkte. Das Mädchen trug ein Cocktailkleid von raffiniert einfachem Schnitt. Es war schulterfrei und machte keinen Hehl aus der imponierenden Oberweite, die es nur flüchtig, beinahe kokettierend verdeckte. Das Kleid war grün; ein Schimmer der Farbe fand sich auch in ihrem Pupillenkranz wieder.

»Ich kann warten«, sagte ich und blickte auf meine Uhr. »In einer Stunde ist es soweit.«

»Sie können mich anheizen«, meinte sie. »Tanzen wir?«

»Hoffentlich halten das Ihre Zehen aus«, sagte ich und zog sie auf die Terrasse.

»Ich bin Allyson Partland«, meinte sie. Die Art, wie sie versuchte, ihren jungen, elastischen Körper linientreu an mich zu schmiegen, machte deutlich, daß sie den Flirt liebte und auch bereit zu sein schien, seine Grenzen zu sprengen.

»Jerry Cotton«, stellte ich mich vor.

Ich merkte, wie ihr Leib sich straffte, wie er innerlich auf Distanz ging, ohne daß sich an ihrer hingebungsvollen Tanztechnik etwas änderte. Sie kannte den Namen, und sie war alamiert, ihn zu hören. Das stand fest.

Ihr mir zugewandtes Gesicht besaß viel Ausstrahlung. Es zeigte nichts von dem, was in ihr vorging. Ihr roter Mund war leicht geöffnet, wie zu einer beständigen Frage.

»Ich finde Sie sehr nett«, sagte sie.

»Danke«, erwiderte ich.

»Sie enttäuschen mich!« schmollte sie. »Wenn eine Dame einem Mann ein Kompliment macht, sollte er versuchen, sie darin noch zu übertreffen.«

»Es ist noch nicht Mitternacht«, spottete ich. »Mir geht es wie Ihnen. Ich habe meine Spitzenzeiten. Wo ist übrigens Mrs. Matteson?«

»Mögen Sie Cynthia?«

»Ich kenne sie gar nicht.«

»Da haben Sie viel versäumt.«

»Sieht sie so gut aus wie Sie?«

Das Girl lachte. »Das ist ein Anfang«, meinte sie. »Vielen Dank. O ja, Cynthia ist eine Augenweide. Sie wird Ihnen gefallen.«

Mein Blick glitt über die Tanzenden. Er wanderte weiter zu den Tischen am Swimmingpool und schärfte sich, als er einen hellen Fleck zwischen den Büschen bemerkte, die jenseits eines schmalen Rasenstreifens standen.

Myriam Price!

Noch ehe ich mich vergewissern konnte, daß meine Augen mich nicht täuschten, war der helle Fleck verschwunden. Hatte mich die Frau unter den Tanzenden bemerkt?

»Was ist los mit Ihnen?« fragte mich das Girl. »Sie sind plötzlich ganz verändert.«

»Das liegt an Ihnen«, behauptete ich.

»Gehen wir ein wenig spazieren?« fragte sie mich. »Der Garten ist groß und schön.«

»Er ist vor allem sehr dunkel«, sagte ich.

Allyson Partland lachte leise. »Das ist das Schöne an ihm«, meinte sie.

Sie zog mich von der Terrasse herab. Ich merkte, daß uns viele Blicke folgten.

»Futter für die Lästermäuler«, sagte ich, als wir uns von der Gesellschaft entfernten.

»Die haben immer was zu reden«, meinte Allyson Partland. »Ich kümmere mich nicht darum. Außerdem weiß ich, wie es auf Richys Partys zugeht. Spätestens in einer Stunde wird es im Garten ziemlich lebhaft werden. Wir werden nicht die einzigen bleiben, die das Dunkel suchen.«

»Die Ruhe«, korrigierte ich sie. »Richy Matteson verdient gut, was?«

»Er ist millionenschwer«, bestätigte das Mädchen. »Seine Frau hat das Geld mit in die Ehe gebracht, glaube ich.«

»Es ist beruhigend, zu hören, daß es solche Frauen gibt«, sagte ich. »Leider ist mir noch keine von dieser Sorte über den Weg gelaufen.«

»Hat Richy Sie eingeladen?«

Die Frage sollte gewiß nebensächlich klingen, aber ich spürte die plötzliche Spannung, die das Mädchen ergriffen hatte.

»Nein«, antwortete ich. Ich blieb stehen und blickte über meine Schulter.

Der Bungalow mit den bunten Lampions und den beschwingten Gästen auf der Terrasse und am Swimmingpool bot einen hübschen, einladenden Anblick. Mir fiel auf, daß die Fenster im kurzen Seitenflügel des

Hauses dunkel waren. Ich wollte fragen, ob sich dort die Schlafräume der Mattesons befanden, als ich plötzlich hinter einem dieser Fenster einen kurzen, grellen Feuerblitz bemerkte.

»Ich will, daß Sie mich küssen, Jerry«, flüsterte Allyson Partland dicht an meinem Ohr. Sie preßte ihren Körper gegen meinen Arm. »Ich kann einen Mann erst dann beurteilen, wenn ich weiß, wie er küßt . . .«

Ich riß mich los und kümmerte mich nicht darum, was das Girl in diesem Augenblick über mich dachte. Ich sprintete quer über den Rasen und pfiff auch darauf, daß ich viele verwunderte Blicke erntete. Ich rannte um den Bungalow herum und stoppte schwer atmend auf dem Parkplatz.

Eine Gruppe plaudernder Chauffeure musterte mich verdutzt. »Ist soeben jemand weggegangen oder weggefahren?« erkundigte ich mich.

»Nein, Sir.«

Ich betrat den Bungalow durch den Vordereingang. Ich erntete erneut das verbindliche Lächeln des Butlers, verzichtete aber diesmal darauf, es zu erwidern. Ich betrat den Korridor, der von der Halle abzweigte und in den Seitenflügel des Hauses führte. Ich öffnete eine Tür und blieb auf der Schwelle stehen, obwohl ich mir bewußt war, wie messerscharf sich meine Konturen vor dem hellen Gang abzeichneten. Im Inneren des Raumes war es stockdunkel.

Eine junge Frau trat plötzlich in den Lichtkeil, der schräg in das Zimmer fiel. Sie kam rasch auf mich zu und stoppte dicht vor mir. Sie atmete kurz und schnell, wie nach einer heftigen Anstrengung.

»Wer sind Sie?« herrschte sie mich an. »Was tun Sie hier?«

Sie trug einen Hosenanzug aus Goldlamé. Der schillernde Stoff umfloß auf kupplerische Weise ihre bemerkenswert vollkommenen Kurven. Sie war platinblond und trug das kräftigste Augen-Make-up, das ich jemals auf einem Frauengesicht gesehen hatte. Das Gesicht war schmal und gut geschnitten, aber ihm fehlte die weibliche Note. Irgendwie wirkte es hart und arrogant. Möglicherweise lag es daran, daß ich die Frau durch mein plötzliches Auftauchen erschreckt oder wütend gemacht hatte.

»Warum knipsen Sie das Licht nicht an?« erkundigte ich mich.

Sie streckte die Hand aus und drückte auf den Lichtschalter. »Keine ausweichenden Gegenfragen, bitte«, sagte sie scharf. »Wie kommen Sie dazu, ohne vorheriges Anklopfen hier einzudringen? Das ist mein Schlafzimmer! Ihr Benehmen ist einfach unerhört. Ich kenne Sie nicht. Hat Sie jemand mitgebracht?«

Während sie sprach, sehr erregt, und nur mühsam imstande, ihre Haltung zu wahren, huschten meine Blicke durch den großen eleganten Raum. Ich entdeckte nichts, was den Feuerblitz oder die Erregung der Frau zu erklären vermochte.

»Können Sie nicht antworten?« herrschte sie mich an.

»Ich dachte, hier sei geschossen worden«, sagte ich.

Die Augenbrauen der Frau hoben sich. »Geschossen? Sie machen wohl Witze!«

»Ich war im Garten und sah den Feuerblitz«, sagte ich. »Ich machte sofort kehrt und hielt es für meine Pflicht, hier nach dem Rechten zu sehen.«

»Ein Feuerblitz!« sagte sie verächtlich. »Ich habe mir eine Zigarette angesteckt.« Sie wies mit dem Daumen über ihre Schulter. Tatsächlich entdeckte ich auf dem Rand eines Kristallaschers eine qualmende Zigarette.

»Das war kein Feuerzeug«, sagte ich. »Inzwischen haben Sie die Vorhänge geschlossen. . .«

»Stört Sie das, oder ist das nicht erlaubt?« fragte sie scharf. »Sie benehmen sich reichlich merkwürdig, junger Freund! Darf ich endlich wissen, wer Sie sind?«

»Mein Name ist Jerry Cotton.«

»Oh«, meinte sie gedehnt und mit spitzem Mund. »Der G-man?«

Ich nickte. »Sie wissen, daß ich Ihren Mann kennengelernt habe?«

»Richy erwähnte es«, sagte sie. »Flüchtig, gleichsam am Rande. Ich bin nicht so recht dahintergekommen, worum es sich handelte. Sie wollen ihn sprechen?«

»Ja.«

»Sie haben Pech. Richy ist unterwegs. Er ist mit Paul weggefahren.«

»Wer ist Paul?«

»Unser Chauffeur«, erwiderte sie und machte kehrt. Ich beobachtete, wie sie die Zigarette holte.

»Ich bin überrascht«, sagte ich. »Mr. Matteson hat das Haus voller Gäste und fährt einfach weg?«

Cynthia Matteson zuckte mit den runden Schultern. »Das ist typisch Richy!« erklärte sie. »Seine Geschäfte gehen ihm vor. Ich hoffe allerdings, daß er nicht zu lange wegbleibt. Glücklicherweise amüsieren sich die Gäste auch ohne ihn . . . oder ohne mich. Ich wette, das haben Sie inzwischen festgestellt.«

»Gestatten Sie bitte, daß ich einen Blick in den Nebenraum werfe?« fragte ich.

Zwischen den Augen der Frau bildete sich eine steile Unmutsfalte. »Dort befindet sich das Schlafzimmer meines Mannes, und unser gemeinsames Bad. Sie haben gar kein Recht, in unsere Intimsphäre einzudringen!«

»Das Mündungsfeuer, das entweder hier oder im Nebenzimmer aufblitzte . . .« begann ich, aber die Frau fiel mir energisch ins Wort.

»Mündungsfeuer? Das ist doch absurd!« meinte sie. »Einige Yard von uns entfernt tanzen ein paar Dutzend Gäste. Niemand hat einen Schuß gehört! Sie geben zu, im Garten gewesen zu sein . . . und ausgerechnet Sie wagen zu behaupten, daß es hier geknallt habe.«

»Die Phonstärke der Außenlautsprecher dürfte den Schuß übertönt haben«, sagte ich. »Darf ich jetzt das Nebenzimmer sehen?«

Cynthia Matteson blickte mir wütend in die Augen. »Sie sind unverschämt«, meinte sie. »Herausfordernd aggresiv. Sie wissen, daß ich Sie sehr wohl daran hindern kann, hier herumzuschnüffeln. Aber ich möchte nicht, daß Sie das für ein Verschleierungsmanöver halten. Bitte, Mr. G-man! Schauen Sie sich ruhig um . . .«

Ich durchquerte den Raum und öffnete die Tür zum Nebenzimmer. Auch hier waren die Vorhänge geschlossen. Ich schaute in das Bad, unter das Bett und in die Kleiderschränke. Ich warf auch einen Blick in die Einbauschränke von Cynthia Mattesons Zimmer.

»Zufrieden?« fragte sie spöttisch.

»Das Schlafzimmer Ihres Mannes hat einen zweiten Ausgang«, stellte ich fest.

»Die Tür zum Korridor, genau wie mein Zimmer«, nickte sie. »Der Korridor führt zur Halle. Sie wissen selbst, was dort im Moment los ist. Es wäre völlig unmöglich, eine Leiche auf diesem Weg abzutransportieren.«

»Das mit der Leiche haben Sie gesagt.«

»Machen wir uns doch nichts vor«, meinte sie. »Sie denken nun mal in solchen Kategorien. Warum soll ich mich nicht darauf einstellen?«

Ich verließ das Zimmer. Die gegenüberliegende Korridorseite hatte nur eine Tür. Ich wies mit der Hand darauf. »Wohin führt sie?«

»In den Keller.«

»Der interessiert mich!«

Sie zuckte mit den Schultern. »Tun Sie, was Sie für richtig halten. Sie können von mir nicht erwarten, daß ich mit Ihnen Sherlock Holmes spiele. Ich muß mich um meine Gäste kümmern.«

Ich blickte ihr kurz hinterher, dann versuchte ich die Kellertür zu öffnen. Sie war verschlossen. Ich begab mich in die Halle und winkte den Butler heran.

»Ist die Kellertür immer verschlossen?« fragte ich.

Er blinzelte unsicher. »Die Kellertür, Sir?«

»Ja«, sagte ich ungeduldig. »Es gibt doch wohl nur eine im Haus, oder? Besorgen Sie mir den Schlüssel, bitte! Mrs. Matteson hat mich ermächtigt, den Keller zu betreten.«

»Moment, bitte«, sagte er und ging davon. Es dauerte fast fünf Minuten, ehe er mit dem Schlüssel auftauchte. Als ich ihn in das Schloß schieben wollte, entdeckte ich, daß es nicht ging, weil ein Schlüssel auf der Innenseite steckte.

»Das verstehe ich nicht, Sir«, staunte der Butler. »Das muß einer der Gäste gemacht haben. Es gehört jedenfalls nicht zu den Gepflogenheiten der Familie und der Domestiken, die Tür von innen abzuschließen. Schließlich endet der Keller am Garagenkomplex und wird meistens von dieser Seite betreten . . .«

»Am Garagenkomplex?« fragte ich. »Der ist doch mindetens fünfzig Yard vom Bungalow entfernt!«

»Ja, Sir«, nickte der Butler. »Mr. Matteson hat seinerzeit den Gang anlegen lassen, weil die gnädige Frau sich fürchtete, nachts den langen Weg von der Garage bis zum Haus zurückzulegen. In dieser Gegend passiert einfach zuviel.«

»Welchen Wagen fährt Mr. Matteson?«

»Einen Humber, Sir.«

»Wie viele Fahrzeuge stehen in der Garage?«

»Insgesamt sind es drei, Sir.«

Ich bedankte mich und verließ den Bungalow durch den Vordereingang. Die plaudernden Chauffeure waren verschwunden. Ich bemerkte, daß ein Rolls-Royce inzwischen verschwunden war und daß sich drei oder vier Neuzugänge auf dem Parkplatz eingefunden hatten.

Der Garagenkomplex war durch eine Lampe beleuchtet und von einer Hecke eingefaßt. Der Flachbau enthielt vier Boxen mit Kippflügeltoren. Vor einer der Boxen stand ein Land Rover auf dem betonierten Waschplatz.

Ich probierte, ob sich die Tore öffnen ließen. Eines gab lautlos nach. Die Garage war leer. An ihrem hinteren Ende befand sich ein Zugang. Er führte in einen schmalen Korridor, der an der Kellertreppe endete. Ich knipste das Licht an und stieg die Treppe hinab. Ein schmaler, weiß getünchter Korridor führte schnurgerade zu dem Keller des Bungalows. Ich stoppte auf halbem Wege und bückte mich.

Vor mir schimmerten zwei frische Blutstropfen. Einer von ihnen hatte die Größe eines Silberdollars. Ich ging weiter. Die Blutspuren wiederholten sich nicht.

Ich schaute mir die Kellerräume an, fand aber nichts, was mich fesselte. Ich stieg die Treppe hinauf, öffnete die Tür, und schob dann den Schlüssel von der Außenseite ins Schloß.

Hinter mir tauchte die etwas atemlos wirkende Allyson Partland auf.

»He, was war denn mit Ihnen los?« fragte sie. »Hatten Sie Angst, daß ich Ihnen die Unschuld rauben könnte?«

»Klar«, sagte ich und schaute sie an. »Ich wollte mich erst mal in einem Lehrbuch vergewissern, wie man sich in solchen Fällen verhält.«

»Lassen Sie die Witze«, sagte sie. »Was hat es gegeben?«

Ich erklärte es ihr. Die Augen des Girls weiteten sich. Ich hatte den Eindruck, daß es irgendwie gespielt wirkte. Das Entsetzen war nicht echt.

»Ein Schuß?« flüsterte sie. »Und Blut im Keller?«

Ich nickte. »Ich muß noch einmal zurück«, sagte ich. »Kommen Sie mit?«

»Um Himmels willen, nein!« meinte sie und schüttelte sich. »Ich kann kein Blut sehen.«

»Ich habe versäumt, mich in den Garagenboxen umzuschauen. Das muß ich nachholen.«

»Sind Sie ein Bulle?«

»So etwas Ähnliches. Stört Sie das?«

Allyson Partland hob das Kinn und zog hörbar die Luft durch die Nase. »Und wie! Ich hasse Bullen. Ich kann Ihnen gar nicht sagen, wie froh ich bin, daß der Kuß ins Wasser gefallen ist.«

Ich grinste unlustig. »Das sagen Sie nur, weil Sie keine Ahnung haben, wie gut ich darin bin. Vielleicht bietet sich mir eines Tages die Chance, Ihnen zu zeigen, wie schief Sie mit Ihrer Aversion liegen.«

»Ach, scheren Sie sich zum Teufel!« meinte sie wütend, machte kehrt und ging davon.

Ich betrat erneut den Keller. Zwei Minuten später hatte ich den Garagenkomplex erreicht. In den Boxen, die ich noch nicht besichtigt hatte, fand ich ein Lancia Coupé, das offenbar Cynthia Matteson gehörte, und einen brandneu wirkenden Mercedes 280 SE.

Gerade, als ich einen Blick in den Mercedes werfen wollte, hörte ich das Stöhnen.

Es kaum aus dem Kofferraum des Wagens. Ich war mit zwei Schritten an seinem Heck und versuchte die Klappe zu öffnen. Sie war verschlossen.

Das Stöhnen wiederholte sich.

In einer Ecke lag ein Flacheisen, wie es zum Reifenwechsel verwendet wird. Ich hob es auf und benutzte es als Brecheisen. Binnen weniger Sekunden hatte ich den Kofferraum aufgebrochen. Die Klappe schwang hoch.

»Mrs. Price!« stieß ich hervor.

Ich hatte nicht den Eindruck, daß sie mich hörte. Sie blutete stark aus einer Kopfwunde und hielt die Augen geschlossen. Sie war weder gefesselt noch geknebelt. Bekleidet war sie mit einem Jackenkleid aus hellem Jersey.

Es war klar, daß sie schnellstens ärztliche Hilfe brauchte. Ich machte kehrt und verließ die Garage durch das unverschlossene Kipptor. Ich rannte zu meinem Jaguar, setzte mich hinein und brauste dann zu dem Garagenkomplex. Ich stoppte scharf neben dem Land Rover.

»Weshalb haben Sie es denn auf einmal so eilig?« fragte eine Mädchenstimme hinter mir.

Ich merkte, wie sich meine Nackenhärchen sträubten, und blickte in den am Armaturenbrett befestigten Spiegel. Ich sah, wie sich im Fond Allyson Partland aufrichtete. Sie hielt eine Pistole in ihrer schmalen, gepflegten Hand.

»Ich will Sie noch immer küssen«, sagte sie. »Aber diesmal mit der Kanone!«

»Sie haben so etwas herzerfrischend Direktes in Ihrem Wesen«, spottete ich. »Sind Sie immer so?«

»Fast immer«, meinte sie.

»Oh, ich weiß, daß Sie steigerungsfähig sind. Jedenfalls haben Sie das behauptet. Die Stunden nach Mitternacht bringen Ihre große Zeit.«

»Ein Jammer, daß Sie die nicht erleben werden.«

»Uns trennt nur noch eine halbe Stunde von dieser Attraktion«, stellte ich fest.

»Das sind genau dreißig Minuten zuviel.«

»Wollen Sie mich abservieren?«

»Wenn es sein muß, ja.«

»Ich hoffe, es muß nicht sein«, sagte ich. »Mir persönlich liegt nicht viel daran.«

»Witzbold«, meinte sie. »Ich warte auf Paul. Aber wenn Sie glauben, mit mir Ball spielen zu können, drücke ich einfach ab.«

»Sie sind da einem kleinen Irrtum aufgesessen, Miß Allyson Partland«, sagte ich. »Sie haben sich den falschen Wagen ausgesucht.«

»Er gehört doch Ihnen, oder?«

»Stimmt«, nickte ich. »Das ist ja Ihr Fehler. Sehen Sie die eingebaute Sprechanlage? Sie ist auf Sendung gestellt. Jedes Wort, das zwischen uns gewechselt wird, landet im Distriktgebäude. Sie werden bemerkt haben, daß ich soeben Ihren vollen Namen nannte . . .«

»Sie bluffen!« schnappte sie.

Sie hatte recht damit, aber es lag nicht in meiner Absicht, das zuzugeben.

»Ich bin gern bereit, die Anlage auf Empfang zu stellen«, sagte ich. »Sie werden feststellen können, daß meine Angaben zutreffen.«

Allyson Partland schwieg. Ich spürte, wie es in ihr arbeitet. Ihr Atem kam kurz und stoßweise.

»Mit G-men sollte sich ein kleines Mädchen nicht anlegen«, spottete ich. »Natürlich weiß ich, daß das nicht Ihre Idee war. Cynthia Matteson hat Sie auf mich gehetzt, nicht wahr?«

»Was geht Sie das an?«

»Ich verstehe. Sie haben Angst, noch mehr zu sagen. Schließlich hört der böse Feind im Distriktgebäude mit. Aber das mit den bleiernen Küssen reicht schon aus. Falls mir etwas zustoßen sollte, sehe ich für Ihre Zukunft schwarz.«

»Warten wir ab, bis Paul kommt«, preßte sie durch ihre perlweißen Zähne.

»Wir müssen etwas für Myriam tun«, sagte ich.

»Für Myriam?«

»Ja, Myriam Price. Sie liegt verletzt in Mattesons Mercedes. Wenn nicht bald etwas geschieht, läuft sie Gefahr, zu verbluten.«

»Was, zum Teufel, wollen Sie eigentlich von uns?«

»Jetzt haben Sie sich verplappert«, sagte ich. »Sie haben zugegeben, Mitglied einer Gruppe zu sein.«

»Ich habe nichts dergleichen gesagt.«

»Indirekt schon. Welche Rolle spielen Sie in Richard Mattesons Organisation, und wie viele Gäste arbeiten für ihn?«

»Ich weiß nicht, wovon Sie reden.«

»Sie wissen es verdammt genau. Es macht Sie unruhig, daß ich so gut informiert bin. Es macht Sie noch unruhiger, daß auch das District Office Bescheid weiß und mithört. Sie sollten versuchen, sich möglichst geschickt aus der Affäre zu ziehen. Ihr Verhalten in diesen Minuten wird mitentscheidend für das Urteil der Gerichte sein.«

»Sie bluffen!« wiederholte sie erregt.

»Denken Sie einmal nach«, riet ich ihr. »Ich gehöre

einer Organisation an, die nichts dem Zufall überläßt. Jede Aktion ist Bestandteil einer durchdachten Planung. Wenn ich also heute abend plötzlich auf Mr. Matesons Party erscheine, dürfen Sie versichert sein, daß das keine isolierte Einzelhandlung ist. Daraus können Sie folgern, was geschehen würde, wenn ich plötzlich von der Bildfläche verschwände.«

Das Girl ließ plötzlich die Waffe sinken. »Ich . . . ich sollte Sie nur hier festhalten, bis Paul kommt«, stammelte sie.

Ich hatte gewonnen. Langsam drehte ich mich um und streckte die Hand aus. »Her mit der Kanone!«

Allyson Partland überließ mir schweigend die Waffe.

»Ich habe noch niemals auf irgend jemand geschossen!« versicherte sie mir.

»Das höre ich gern«, sagte ich, »aber das genügt noch nicht, um Ihre Position zu verbessern.«

»Was erwarten Sie denn von mir?« fragte sie wütend. »Die totale Selbstaufgabe?«

Ich schüttelte den Kopf. »Reue«, sagte ich. »Einen Beweis dafür, daß Sie die Fronten gewechselt haben.«

»Das wäre Verrat!« stieß sie hervor.

»Verrat an wem?« fragte ich bitter. »An einem Haufen Krimineller!«

»Es sind meine Freunde.«

»Das ist ja der Jammer«, sagte ich. »Das wird Ihnen noch viel Kummer machen.«

Das Girl schluckte. »Okay«, meinte sie und starrte mir in die Augen. »Vielleicht kann ich etwas für Sie tun. Oder für den anderen, um genau zu sein. Für Hayes!«

»Wer ist Hayes?«

»Ein reicher Industrieller, glaube ich. Hayes soll heute nacht . . . nun ja, sie haben etwas mit ihm vor«, schloß sie verdrossen.

»Er soll sterben, nicht wahr?«

Allyson Partland wich meinem bohrenden Blick aus. Sie knetete die Hände im Schoß. Ich spürte, wie es in ihr gärte und arbeitete. Sie hatte Mühe, mit der völlig veränderten Situation fertig zu werden. Sollte sie singen, und wenn ja, wie weit durfte sie dabei gehen?

»Sie müssen mir alles sagen«, drängte ich. »Keine halben Sachen, bitte!«

»So genau weiß ich nicht Bescheid«, meinte sie unwirsch. »Ich bin nur ein kleiner Fisch in dem Verein. Oder glauben Sie im Ernst, die würden mir gegenüber mit offenen Karten spielen? Das sind keine Anfänger! Ich habe rein zufällig gehört, daß Lester diesen Hayes kassieren soll . . . noch heute nacht.«

»Lester Prater?« fragte ich.

Allyson Partland schaute auf die Uhr. »Wahrscheinlich ist es schon passiert«, sagte sie.

»Lester Prater?« drängte ich.

»Ja.«

»Schnell – geben Sie mir Hayes' Adresse!«

»Sie ist mir nicht bekannt. Ehrlich!«

Ich biß mir auf die Unterlippe. »Diese Stadt und dieses Land wimmeln nur so von Leuten mit dem Namen Hayes«, sagte ich. »Wer hat den Coup geplant?«

»Lester, glaube ich.«

»Lester Prater. Er ist ein Spitzenmann der Organisation, nicht wahr?«

»Er hat eine führende Stellung«, gab das Mädchen zu. »Cynthia mag ihn.«

»Hat er James Sherwood ermordet?«

»Ich weiß es nicht«, murmelte das Girl.

»Ist Cynthia Matteson der Boß der Bande?«

»Wo denken Sie hin! Aber sie mischt kräftig mit. Richy schätzt ihren Rat.«

Es war zwecklos, das Frage-und-Antwort-Spiel zu diesem Zeitpunkt fortzusetzen. Vielleicht gab es eine Möglichkeit, das Leben dieses Mr. Hayes zu retten.

»Seine Frau heißt Amelie, glaube ich«, sagte Allyson Partland. »Mehr Details kenne ich nicht.«

Ich schnappte mir das Handmikrofon der Sprechanlage, Myrna, das Mädchen aus der Zentrale, meldete sich mit ihrer dunklen, rauchigen Stimme. Wenn ich sie hörte, fühlte ich mich versucht, meine Versetzung in die Telefonvermittlung zu beantragen.

Ich teilte dem Mädchen mit, worum es ging. Myrna hörte zu und stellte keine Fragen. Sie begriff, wie dringend der Fall war. »Ich rufe sofort zurück«, sagte sie.

»Noch eins«, bremste ich sie. »Veranlassen Sie bitte, daß ein Polizeiwagen, ein Arzt und die Ambulanz hergeschickt werden. Ich bin im Haus von Richard Matteson, Wantagh, Long Island, Bedford Lane 118.«

»Verstanden«, sagte Myrna und legte auf.

»Jetzt rollt die Kugel«, meinte Allyson Partland bitter. »Und niemand hält sie auf!«

Ich überlegte. »In Kürze wird es hier rundgehen«, sagte ich. »Es wird gut sein, wenn Sie vorher verschwinden. Können Sie diesen Wagen steuern?«

»Ich denke schon«, erwiderte sie. »Warum fragen Sie? Kommen Sie nicht mit?«

»Ich muß das Eintreffen der Polizei abwarten.«

»Bis dahin kann es für diesen Mr. Hayes schon zu spät sein«, meinte Allyson Partland.

»Weiß ich. Es ist zu befürchten, daß ich sowieso zu weit von seiner Behausung entfernt bin, um ihm helfen zu können. Ich werde versuchen, das zuständige Revier einzuschalten. Aber vorher muß ich die Adresse des Mannes haben.«

»Warum kann ich nicht bei Ihnen bleiben?«

»Ich sitze wie auf Kohlen«, sagte ich. »Ihr Paul wird vermutlich nicht allein hier aufkreuzen. Ich will Sie keiner Gefahr aussetzen. Fahren Sie bis zur Kreuzung des Highways 27. Stellen Sie den Jaguar dort an der Tankstelle ab und legen Sie den Zündschlüssel unter die Fußmatte. Versuchen Sie, mit einem Taxi weiterzukommen. Übernachten Sie nicht in Ihrer Wohnung. Haben Sie eine Freundin, bei der Sie schlafen können?«

»Gloria«, sagte sie. »Gloria Scott. Sie wird zu Hause sein. Sie geht selten aus.«

»Wo wohnt sie? Ich muß wissen, wo ich Sie erreichen kann.«

»In Harrison, Main Street 41. Ich denke, Sie erwarten einen Anruf Ihrer Zentrale?«

»Ich erledige das von hier«, sagte ich und stieg aus. »Brummen Sie ab!«

»Ich habe Angst«, murmelte sie.

Ich klappte den Sitz nach vorn. »Das Schlimmste haben Sie hinter sich«, tröstete ich sie.

Allyson Partland startete die Maschine und legte krachend den Gang ein. Dann gab sie Gas. Der Wagen schoß nach vorn, als hätte er einen Raketentreibsatz in seinem Heck.

Ich hörte, wie das Girl Mühe hatte, die Kurve vor dem Parkplatz zu meistern. Die Räder radierten heulend über Kies und Asphalt. Irgendwie schaffte sie es, in die Straße einzubiegen und einen höheren Gang einzulegen. Ich atmete auf, als sich das Motorengeräusch in der Nacht verlor.

Ich kehrte zurück in die Garage. Myriam Price hatte das Bewußtsein verloren.

Ihre Kopfwunde blutete noch immer, aber soweit ich es zu erkennen vermochte, bestand augenblicklich keine Gefahr für ihr Leben.

Ich verließ die Garage durch das Kipptor und hastete quer über den betonierten Waschplatz.

»Feuer, Mister?« fragte eine Männerstimme, als ich die Hecke passiert hatte.

Ich stoppte, drehte mich um und praktizierte in der nächsten Sekunde einen gekonnten Sidestep. Er erfolgte genau im richtigen Moment. Der hünenhafte Bursche, der mir seine Faust auf den Solarplexus zu setzen versuchte, traf nur meine Hüfte. Ich riß die Dekkung hoch und konterte blitzschnell mit einem linken Haken.

Mein Gegener blinzelte überrascht. Die Wirkung des Hakens schüttelte er ab wie einen lästigen Wassertropfen. Er setzte sofort nach.

Ich hatte alle Hände voll zu tun, um ihn auf Distanz zu halten. Seine Deckungsarbeit war nur mäßig, aber seine Nehmerqualitäten machten diesen Mangel voll wett. Es war erstaunlich, was er zu schlucken vermochte.

Die Tatsache, daß mein Gegner eine Chauffeursuniform trug, sagte mir, daß ich es mit Richard Mattesons Fahrer Paul zu tun hatte.

Ich brachte meine Linke zweimal voll unter, ohne daß er sein Tempo drosselte. Ich schätzte sein Alter auf achtundzwanzig. Er hatte eine niedrige Stirn, kleine, leicht geschrägte Augen, eine platte Nase und wulstige, negroid wirkende Lippen. Seine Beinarbeit war schwerfällig. Er schlug nicht sehr schnell, aber ich mußte darauf achten, meine Deckung geschlossen zu halten. Er hatte den soliden Punch eines Profis.

Ich merkte, daß er wütend wurde. Es schien, daß er an rasche Niederschläge seiner Gegner gewöhnt war. Er legte einige Touren zu, weil er hoffte, damit zum Erfolg zu kommen. Ich ging mühelos mit und erkannte, daß er drauf und dran war, sich zu übernehmen. Er atmete laut und keuchend, seinen Schlägen fehlte plötzlich die Wucht.

Ich kam erneut mit der Linken durch. Diesmal stolperte er zurück. Er blinzelte beunruhigt, marschierte aber sofort wieder nach vorn. Ich traf ihn mit der Rechten. Eine Körperdublette und ein Uppercut gaben ihm den Rest.

Er blieb stehen, aber der Rest war nur noch eine Frage der Zeit. Denn ich traf ihn auf den Punkt, und er ging zu Boden.

Ich beugte mich über ihn und klopfte ihn nach Waffen ab. Als ich mich aufrichtete, hörte ich das Heulen einer Polizeisirene. Eine Minute später stoppte ein Patrolcar auf dem Parkplatz.

Richard Matteson erschien im Hauseingang. Er wirkte wie betrunken.

»Was ist denn hier los?« hörte ich ihn fragen.

Die Beamten stiegen aus. »Wo ist Mr. Cotton?« erkundigte sich ein Sergeant.

»Hier, bitte«, sagte ich.

Die Beamten kamen rasch näher. Rihard Matteson folgte ihnen auffällig langsam und staksig. Hinter ihm tauchte seine Frau auf. Ich wies mich den Beamten gegenüber aus.

»Wo bleibt der Arzt?« fragte ich und wies mit dem Daumen über meine Schulter auf die Garage. »Im Kofferraum des Mercedes liegt eine Frau. Sie ist verletzt. Bitte kümmern Sie sich um sie.«

Zwei Beamte befolgten die Anweisung. Der Sergeant deutete auf Paul, der gerade Anstalten traf, sich zu erheben. »Was ist denn mit dem los?«

»Er wird gleich wieder okay sein«, sagte ich.

Cynthia Matteson hatte sich bei ihrem Mann eingehakt. Es sah so aus, als müßte sie ihn beim Gehen stützen. Er war leichenblaß.

»Wer hat die Polizei gerufen – und warum?« erkundigte sich der Hausherr.

»Ich wette, das haben wir unserem G-man zu verdanken«, meinte Cynthia Matteson spitz. »Er hat es sich offenbar in den Kopf gesetzt, unsere Party platzen zu lassen.«

»Ich will nicht hoffen, daß sich die Gäste sofort zurückziehen«, sagte ich. »Ich würde mich gern mit einigen unterhalten. Außerdem brauche ich ihre Namen und Adressen.«

»Wollen Sie einen Skandal verursachen?« fauchte mich Cynthia Matteson an.

»Mir . . . mir ist es schlecht«, murmelte Richard Matteson. Auf seiner Stirn standen Schweißtropfen.

»Du hast zuviel getrunken«, sagte seine Frau ärgerlich. »Es ist immer das gleiche mit dir!«

»Es waren nur ein paar Gläser«, erwiderte er schleppend. »Das Zeug bekommt mir nicht.«

Der Chauffeur hatte sich aufgerichtet. Er atmete schwer und mit offenem Mund.

»Ich merkte, daß auf dem Garagenvorplatz was nicht stimmte«, sagte er. »Ich kam her und sah den Fremden. Er wollte gerade abhauen! Da versuchte ich auf meine Weise, mit ihm fertig zu werden.«

Auf dem Parkplatz stoppte ein Wagen. Ich schaute den Sergeant an. »Das wird der Arzt sein. Führen Sie in bitte in die Garage«, sagte ich. Der Sergeant eilte davon. Ich wandte mich an Paul. »Sie haben mich angefallen«, erklärte ich scharf. »Sie wußten verdammt genau, wen Sie vor sich hatten.«

»Ich reagiere nun mal sauer, wenn ich nachts fremde Visagen im Garten sehe«, meinte er. »Der Chef hat mich ermächtigt, mit harten Bandagen gegen solche Leute einzusteigen. Hier treibt sich zuviel Gesindel herum.«

»Den letzten Punkt kann ich bestätigen«, sagte ich und schaute Cynthia Matteson an. »Ich wüßte gern, wer Myriam Price verletzt und in den Mercedes gelegt hat.«

»Myriam Price?« echote die Frau. »Kenne ich nicht!«

»Nie gehört«, meinte Richard Matteson murmelnd. Es sah aus, als würde er im nächsten Moment zusammenbrechen.

»Du mußt ins Bett«, sagte seine Frau besorgt. »Komm, ich bringe dich hinein.«

»Das geht doch nicht, die Gäste . . .«, murmelte er.

»Unsinn! Du mußt dich ein wenig ausruhen. Eine Stunde Schlaf bringt dich rasch wieder auf die Beine.«

Plötzlich stieß Cynthia Matteson einen halblauten Schreckensruf aus. Sie versuchte, ihren Mann zu halten und aufzufangen, aber sie schaffte es nicht.

»Richy!« stieß sie hervor.

Halb bewußtlos rollte er sich auf den Rücken. Die steife Hemdbrust färbte sich blutrot.

»Richy, du bist ja verletzt«, rief die Frau.

Es klang wie schlechtes Theater.

Ich hob den Kopf. Rasche Schritte kamen näher. Ein Mann mit einer Instrumententasche, der Sergeant, und zwei Männer mit einer Trage.

»Hallo, Doktor«, sagte ich. »Sie können gleich hier beginnen.«

»Atkinson«, stellte sich der Arzt vor. Er öffnete seine Instrumententasche, nahm eine Schere heraus und schnitt Mattesons Hemd auf.

»Schußverletzung«, sagte er und entfernte einen blutgetränkten Wattebausch von Mattesons Schulter. »Die Wunde ist unsachgemäß und nur notdürftig versorgt worden.«

Ich schaute die Frau an. »Von Ihnen?«

Cynthia Matteson schüttelte mit allen Anzeichen der Verwirrung den Kopf. »Eine Schußverletzung? Das ist mir zu hoch! Ich verstehe das nicht!«

»Sie verstehen es sehr gut«, konterte ich scharf. »Sie wissen, daß auf Ihren Mann geschossen wurde. Sie wissen auch, daß es Myriam Price getan hat. Noch ehe die Frau ein zweites Mal abdrücken konnte, wurde sie von Paul oder einem anderen Gorilla zusammengeschlagen und in den Mercedes gebracht.«

»Mein Gott, was reden Sie denn da?« fragte Cynthia Matteson. »Wir kennen keine Frau dieses Namens! Das reimen Sie sich alles nur zusammen.«

»Stimmt«, gab ich zu. »Ich fange an, auch die restlichen Verse zu lernen. Er wird Ihnen nicht gefallen, wenn ich sie öffentlich vortrage.«

Cynthia Matteson antwortete mir nicht. Sie spielte die besorgte Frau. »Ist es schlimm?« fragte sie den Arzt. »Wird er durchkommen?«

»Nur eine Fleischwunde«, erwiderte Dr. Atkinson. »Das Geschoß muß im Hospital operativ entfernt werden. Wirklich kein Anlaß zur Sorge.«

»O doch, den hat sie schon«, sagte ich. »Wenn auch aus anderen Gründen.«

»Die kümmern mich nicht«, meinte der Arzt. »Ich tue nur meine Pflicht.«

Er legte dem Verletzten rasch einen Notverband an und verschwand dann in der Garage, während die Sanitäter Matteson behutsam auf die Trage betteten und zum Ambulanzwagen brachten. Cynthia Matteson traf keine Anstalten, ihren Mann zu begleiten. Sie starrte mir hart in die Augen.

»Sie sollten sich mit mir arrangieren«, meinte sie.

»Sollte ich das?«

»Ich will keinen Skandal!«

»Es wäre besser gewesen, wenn Sie Ihr Verhalten schon früher auf diesen Wunsch eingestellt hätten«, sagte ich. »Wer hat James Sherwood getötet?«

»Mein Gott, Fragen stellen Sie!«

»Wer hat Stafford Price ermordet?«

»Woher soll ich das wissen?«

»Okay, ich frage Lester Prater«, sagte ich. »Er ist doch Ihr Freund, nicht wahr?«

Die Frau erstarrte. »Mein Freund? Ich bin meinem Mann treu, falls Sie das meinen . . .«

»Weichen Sie mir nicht aus«, sagte ich. »Prater arbeitet für Sie. Wo finde ich ihn?«

»Keine Ahnung.«

»Woran liegt es, daß er heute abend nicht auf der Party erschienen ist?«

»Das müssen Sie ihn schon fragen«, schnappte die Frau. »Ich führe keine Strichlisten und pflege mich nicht zu erkundigen, was eingeladene und nicht erschienene Gäste am Kommen gehindert hat.«

Ich machte kehrt und ließ sie mit dem Chauffeuer einfach stehen. Ich bereits zuviel Zeit verplempert. Es ging nur noch um Hayes.

Ich betrat den Bungalow und trat an das Telefon in der Diele. Sekunden später hatte ich das District Office an der Strippe. »Ich versuche schon seit drei Minuten Sie zu erreichen«, meldete sich Myrna. »Das Ehepaar Amelie und Max Hayes wohnt in New York, Riverside Drive 89. Er ist Börsenmakler und sie . . .«

»Die Telefonnumer, bitte«, unterbrach ich Myrna.

Myrna nannte sie mir. Ich drückte die Gabel nach unten und kurbelte die Nummer herunter. Das Freizeichen tutete in mein Ohr. Ich mußte fast eine Minute warten, ehe sich eine Frauenstimme meldete.

»Hayes.«

»Amelie Hayes?«

»Ja – was ist? Wer spricht dort?«

»Geben Sie mir Ihren Mann, bitte.«

»Er ist nicht zu Hause. Wollen Sie mir nicht endlich Ihren Namen nennen?«

»Gern«, sagte ich. »Ich heiße Cotton und bin Special Agent des FBI. Wenn Sie mir nicht sofort mitteilen, wo sich Ihr Mann befindet, laufen Sie Gefahr, für alles verantwortlich gemacht zu werden, was ihm heute nacht zustößt.«

»Haben Sie den Verstand verloren?« fragte sie. Es sollte wütend klingen, aber ich spürte die Angst, die sich hinter den Worten verbarg.

»Wo ist er?« drängte ich.

»Ich weiß es nicht!«

»Wo ist Lester Prater?«

»Lester Prater?« murmelte sie. »Kenne ich nicht!«

»Ich weiß, daß er Ihr Geliebter ist.«

Ich hörte das schwere Atmen der Frau ganz deutlich. »Unerhört, diese Behauptung!« Im nächsten Moment knackte es in der Leitung. Amelie Hayes hatte aufgelegt.

Ich holte das Telefonbuch hervor und suchte Lester Praters Nummer heraus. Ich wählte sie und fand bestätigt, was ich befürchtet hatte.

Lester Prater meldete sich nicht.

Max Hayes schloß seinen Wagen ab. Er stellte den Kragen seines Mantels hoch und blickte die dunkle, schäbige Straße hinauf und hinab. Sie war menschenleer. Er war zum erstenmal in dieser Gegend. Sie gefiel ihm nicht. Ihm gefiel auch nicht, daß er sich darauf eingelassen hatte, den Fremden hier zu treffen. Aber er wollte Gewißheit haben. Er wollte erfahren, ob Amelie ihm tatsächlich untreu war.

Er schob die Hände in die Taschen seines offenstehenden Trenchcoats und bummelte die Straße hinab. Seine Blicke orientieren sich an den Nummern. 21, 23, 25.

»Du bist verrückt«, murmelte er leise. »Einfach verrückt! Amelie betrügt dich nicht. Mein Gott, sie liebt dich, und du liebst sie. Es ist deiner unwürdig, daß du dich in diese Situation begibst . . .«

Seine Mundwinkel senkten sich bitter. Es war leicht, so etwas zu sagen. Würde! Was hieß das schon? Sie zerbrach, wenn man sich vorstellte, daß einem die eigene Frau Hörner aufsetzte, und daß es einen anderen gab, den sie liebte . . .

Der Anruf des Fremden hatte aus ihm ein Bündel hilfloser Eifersucht gemacht.

Er stoppte vor dem Haus Nummer 29.

Stirnrunzelnd blickte er an der schmutzigen, erneuerungsbedürftigten Fassade empor. Hinter den Fenstern brannte kein Licht.

Das Haus erinnerte ihn an seine Kindheit. Er war in einer solchen Bruchbude aufgewachsen, zusammen mit drei Geschwistern. Er hatte sich nicht damit abgefunden; die Not seiner Jugendjahre hatte ihn zu besonderen Leistungen angespornt.

Er war ein Selfmademan. Er hatte es nach erbitterten Kämpfen geschafft, in die Kaste der Millionäre einzudringen. Die Heirat mit Amelie war gleichsam die Krönung seines unaufhaltsamen Aufstieges gewesen.

Jetzt war er oben! Es durfte einfach nichts geben, was ihn von diesem hart erarbeiteten Platz zu stoßen versuchte!

Aber was ist, wenn sie dich wirklich mit einem anderen betrügt? fragte er sich.

Max Hayes versuchte sich ein Leben ohne Amelie vorzustellen. Er schaffte es nicht. Seine Frau bedeutete ihm alles. Ohne sie erschien ihm das Leben sinnlos.

Der Fremde hatte ihm Beweise versprochen. Er wollte sie ihm verkaufen . . . für drei Hunderter. Max Hayes hatte das Geld in bar bei sich. Keinen Cent mehr. Man konnte nicht wissen, ob der Anruf eine plumpe Falle war! Vielleicht wollte ihn nur jemand in der Bruchbude um die dreihundert Bucks erleichtern . . .

Max Hayes grinste lustlos, als er das Haus betrat. Er war bereit, das Vielfache dieser Summe für die Gewißheit hinzugeben, daß Amelie ihm treu war.

Er knipste im Hausflur das Licht an. Die mickrigen Glühbirnen hatten kaum die Kraft, die dunklen Ecken auszuleuchten. In der zweiten Etage fand er die Tür mit dem Namensschild Mary Watkins, von der der unbekannte Anrufer gesprochen hatte. Max Hayes holte tief Luft, dann klingelte er.

Die Tür öffnete sich. Der Mann, der sich in ihrem Rahmen zeigte, war gut gekleidet.

Er lächelte gewinnend. »Sie sind pünktlich«, sagte er leise. »Treten Sie ein, bitte. Ist Ihnen irgend jemand begegnet?«

»Ja«, erwiderte Max Hayes. Er folgte damit einem Impuls seines Instinktes. »Ein Mann.«

»Wo?«

»Vor einer Minute, beim Betreten des Hauses.«

»Haben Sie mit ihm gesprochen?«

»Ist das so wichtig? Ich habe ihn nur gefragt, ob hier Mary Watkins wohnt.«

»Was hat er geantwortet?«

»Er sagte mir, daß ich in die zweite Etage müßte«,

meinte Max Hayes. »Wollen wir nicht zur Sache kommen?«

Lester Prater öffnete eine Tür. Max Hayes trat zögernd über die Schwelle. Seine Stirn furchte sich, als er die schäbige Einrichtung musterte. Aus irgendeinem Grunde mißfiel ihm das Messingbett, das mitten im Raum stand. »Sie wohnen doch nicht hier!« sagte er.

Lester Prater setzte sich auf den Bettrand. »Erraten«, meinte er und steckte sich eine Zigarette an. »Hier könnte ich es keine fünf Minuten aushalten . . . es sei denn, jemand leistet mir dabei Gesellschaft.«

»Haben Sie mich angerufen?«

»Ja – erkennen Sie meine Stimme nicht wieder?«

»Nein«, sagte Max Hayes. Er zog die drei Hunderter aus seiner Brieftasche. »Hier ist das Geld«, sagte er. »Wo ist die Information?«

Lester Prater lächelte spöttisch. »Sie haben's eilig, was?«

»Ich muß Gewißheit haben.«

»Die liefere ich Ihnen«, sagte Lester Prater. Er stand auf, beugte sich über das Bett und fing an, die Steppdecke, das Laken und das Kopfkissen zu zerwühlen.

»Was soll denn das bedeuten?« fragte Max Hayes irritiert.

»Sieht aus, als sei es benutzt worden, was?« fragte Lester Prater und musterte zufrieden sein Werk. Er setzte sich wieder. »Es muß alles stimmen, wissen Sie.«

Max Hayes bereute plötzlich, in dieses Haus und in diese Wohnung gekommen zu sein. Er spürte das Unheil, das sich über seinem Kopf zusammenbraute.

»Was muß stimmen?« fragte er.

»Der Mord – und der Selbstmord«, antwortete Lester Prater. »Übrigens war ich gestern abend mit Amelie zusammen. Wußten Sie das?«

Max Hayes schluckte. »Sie waren mit ihr . . .« Sein Mund war so trocken, daß er den Satz nicht zu Ende führen konnte.

Lester Prater lächelte spöttisch. Er weidete sich an dem Schock, den seine Worte bei dem Besucher auslösten.

»Sie ist eine tolle Frau«, sagte er. »Leidenschaftlich und hingebungsvoll. Das Tempo, das sie manchmal vorlegt, nimmt einem den Atem . . .«

Max Hayes schien es so, als rotierten vor seinen Augen farbige Kreise. Er zwang sich zur Ruhe. Es hatte keinen Sinn, verrückt zu spielen. Erpressern konnte man nur mit nüchterner Selbstsicherheit begegnen.

»Sie legen mich nicht aufs Kreuz«, sagte er mit fester Stimme.

»Nicht nötig!« höhnte Lester Prater. »Das habe ich schon bei Amelie zur Genüge besorgt. Mit größtem Vergnügen, wie ich zugebe!«

Das war mehr, als Max Hayes ertragen konnte. Er jumpte nach vorn und schlug Lester Prater mit der geballten Faust voll ins Gesicht.

Der Angriff kam für Lester Prater so überraschend, daß er keine Zeit fand, ihm auszuweichen. Er fiel auf das Bett zurück und trat mit den Füßen nach Hayes.

Max Hayes raste vor Zorn. Er schlug blindlings mit beiden Fäusten zu und kümmerte sich dabei weder um das Geld, das durch das Zimmer flatterte, noch um die Konterschläge seines Gegners.

Lester Prater kam auf die Beine. Er war um vieles beweglicher als Hayes und brauchte nur eine halbe Minute, um die Situation fest in den Griff zu bekommen. Er traf seinen Gegner mit einer vollen Linken. Max Hayes brach zusammen und hatte Mühe, die aufkommende Ohnmacht abzuwehren.

Der Geruch des billigen, schmierigen Linoleums stieg in seine Nase. Er fühlte sich gedemütigt und erniedrigt. Als er aufzustehen versuchte, fiel sein Blick unter das Bett. Er merkte, wie sein Körper buchstäblich vereiste.

Unter dem Bett lag ein Mädchen. Ihr Oberkörper war nackt. Sie trug nur einen burgunderroten Minirock. Sie hatte den Kopf zur anderen Seite gedreht, so daß Max Hayes ihr Gesicht nicht sehen konnte.

Max Hayes spürte das plötzliche Frösteln auf seiner Haut. Er hatte noch niemals in seinem Leben eine Tote gesehen, glaubte jedoch zu wissen, daß er eine Leiche vor sich hatte. Die reglose Starre des Mädchens hatte etwas erschreckend Unnatürliches.

Er richtete seinen Oberkörper auf.

»Wer . . . wer ist das?« fragte er schwer atmend.

Lester Prater richtete sich den verrutschten Krawattenknoten.

Er hatte seinen spöttischen Ton zurückgefunden. »Wer ist wer?« erkundigte er sich.

Max Hayes erhob sich. Er mußte sich an einer Stuhllehne festhalten, um nicht in den Knien einzuknicken. »Das Mädchen!« stieß er hervor. »Das Mädchen unterm Bett!«

»Oh, die«, sagte Lester Prater, dem seine Rolle offenbar gefiel. »Das ist Mary Watkins.«

»Die Wohnungsinhaberin?«

»Sagen wir die Mieterin«, erklärte Lester Prater.

Max Hayes holte tief Luft. »Sie ist tot, nicht wahr?«

Lester Prater grinste. »Erraten. Sie sehen schlecht aus, Hayes. Richtig mies! Ich bin überrascht. Wer es so weit wie Sie gebracht hat, sollte doch mehr Stehvermögen zeigen!«

Max Hayes zwang sich zur Ruhe, aber angesichts dieser Situation war er einfach außerstande, seine Selbstbeherrschung zu wahren.

»Wer hat sie ermordet?« fragte er schwer atmend.

Lester Prater trat vor einen halbblinden Spiegel, um den Sitz seiner Krawatte zu kontrollieren. Er musterte Max Hayes spöttisch im Spiegel.

»Na, wer denn wohl?« fragte er. »Sie, Mr. Hayes!«

Max Hayes setzte sich abrupt.

»Damit kommen Sie nicht durch!« sagte er.

»O doch«, meinte Lester Prater mit sanfter Stimme und wandte sich um. »Es ist alles genau überlegt und arrangiert.«

»Wer sind Sie?«

»Habe ich das nicht schon gesagt? Ich bin Amelies Geliebter.«

»Ich glaube Ihnen kein Wort! Sie sind ein Verrückter«, stieß Max Hayes hervor.

Lester Prater lächelte. »Mary Watkins war ein Freudenmädchen«, sagte er. »Sie wurde ermordet. Unter ihren Fingernägeln wird die Mordkommission Reste Ihrer Haut finden. . . und natürlich werde ich vorher dafür sorgen, daß diese Kratzspuren Ihr Gesicht entstellen.«

Max Hayes verfluchte seine Dummheit. Er hatte geahnt, daß er in eine Falle lief, und war trotzdem gekommen! Er begriff, daß er verloren war, wenn ihm kein rettender Einfall kam.

»Was hätte ich bei einem Freudenmädchen tun sollen?« fragte er schwer atmend. »Alle, die mich kennen, werden beschwören, daß so etwas für mich nicht in Betracht kommt.«

Lester Prater lachte. »Erwarten Sie, daß man diesen

Leuten Glauben schenkt? Besuche bei diesen Girls pflegt niemand auszuplaudern. Mary war leidlich hübsch. Gut gewachsen. Warum hätten Sie nicht ihr Kunde sein sollen?

»Weil ich so etwas nicht tue!«

»Jeder Mann tut es irgendwann einmal, und sei es nur aus Neugierde. Setzen wir einmal den Fall, so ein Mädchen käme dahinter, daß Sie um Ihren Ruf zittern, und versuchte Sie zu erpressen? Was würden Sie wohl mit ihr machen?«

»Sie kommen nicht damit durch!« meinte Max Hayes erneut. Er fing an, den Plan seines Gegners zu durchschauen.

»Mary Watkins versuchte Sie zu erpressen«, sagte Lester Prater. »In einem plötzlichen Wutanfall gingen Sie auf das Mädchen los. Sie neigen zum Jähzorn, nicht wahr? Sie haben es vor einigen Minuten bewiesen, und alle, die Sie kennen, werden es bestätigen.«

»Ich bin kein Mörder!«

»Oh, Sie wollten die Puppe nicht umbringen«, spottete Lester Prater. »Sie haben sie nur ein bißchen gewürgt und zu spät entdeckt, daß sie nicht mehr atmete.«

»Niemand wird Ihnen diese Geschichte abnehmen.«

»Die Polizei sicherlich«, sagte Lester Prater selbstzufrieden.

»Ich weiß genau, welche Pfade die Gedanken dieser tüchtigen Herren zu gehen pflegen. Ich habe mich darauf eingestellt und alles so arrangiert, daß Mord und Selbstmord perfekt zueinander passen.«

Max Hayes überlief es kalt. »Selbstmord?«

»So wird es aussehen«, erklärte Lester Prater und zog eine Pistole aus der Tasche.

Max Hayes schluckte und starrte in die Mündung der

Bernadelli. »Wo . . . wo haben Sie das Ding her?«

»Dreimal dürfen Sie raten!« höhnte Lester Prater.

»Ich kann nicht glauben, daß Amelie Ihnen meine Pistole ausgehändigt hat. . .«

»Sie hatte große Bedenken«, gab Lester Prater zu. »Es kostete mich einige Mühe, ihre Einwände zu zerstreuen. Wie Sie jedoch feststellen können, ist mir das gelungen.«

»Warum wollt ihr mich töten?« murmelte Max Hayes wie betäubt. Die Pistole war der endgültige Beweis für Amelies Untreue. Er wußte, daß seine Frage töricht war. Sie beantwortete sich gleichsam von selbst. Dieser brutale, skrupellose Fremde konnte nur ein Tatmotiv haben – Amelie!

»Ich will Amelie – oder, um konkreter zu werden, Ihr Geld«, bestätigte Lester Prater. »Amelie glaubt, daß ich sie liebe. Das ist ein kleiner Irrtum. Amelie ist auf ihre Weise recht reizvoll, aber ich habe nicht vor, sie zu heiraten.«

»Soll ich das als Trost betrachten?« fragte Max Hayes bitter.

»Das bleibt Ihnen überlassen«, erwiderte Lester Prater. »Sie kennen meine Marschroute. Morgen oder übermorgen wird man in diesem Zimmer zwei Tote finden. Ein erdrosseltes Freudenmädchen und den Industriellen Max Hayes. In Ihrer Hand wird man die Pistole entdecken, mit der Sie sich offenbar selbst richteten und die, wie Nachforschungen ergaben, aus Ihrem Besitz stammt. Die Mordkommission wird aus den vorhandenen Spuren den Schluß ziehen müssen, daß Sie mit einer Erpresserin fertig zu werden versuchten, und daß Sie in einer Kurzschlußreaktion mit sich selbst Schluß machten, nachdem Sie festgestellt hatten, daß Sie zum Mörder geworden waren.«

»Warum hätte ich meine Pistole mitnehmen sollen?« fragte Max Hayes. »Ich trage das Ding niemals bei mir!«

Lester Prater grinste matt. »Es war nicht Ihr erster Besuch bei Mary Watkins«, sagte er. »Als das Girl anfing, Sie zu erpressen, kamen Sie auf die Idee, die Puppe mit der Waffe einzuschüchtern.«

»Das paßt doch nicht zusammen«, sagte Max Hayes. »Ihrer Version zufolge soll ich sie erwürgt haben.«

»Sie wollten Sie doch nicht töten«, erklärte Lester Prater. Er sprach mit sanfter Stimme, als müßte er einem Kind eine Rechenaufgabe plausibel machen. »Aber als es passiert war, hatten Sie einfach nicht die Kraft, die Situation zu meistern!«

»Ihr feiner ›Plan‹ leidet an einem empfindlichen Irrtum«, sagte Max Hayes. »Ein Mann, der versehentlich und ungewollt eine erpresserische Prostituierte tötet, wird nicht die Waffe gegen sich selbst richten. Er wird versuchen, alle Spuren zu vernichten und unerkannt zu entkommen.«

»Hm«, meinte Lester Prater. »Das wäre gewiß der Normalfall. Aber bei Mord reagiert nicht jeder normal. Die Mordkommission wird schon eine passende Erklärung für die schwachen Stellen des Geschehens finden.«

Max Hayes zwang sich zu einem Grinsen. Er hatte das Gefühl, daß es trotz seiner Angst ganz überzeugend ausfiel. »Nur eines haben Sie nicht bedacht«, sagte er.

»Nämlich?«

»Meinen Anwalt.«

»Ihren Anwalt?«

»Ja«, erwiderte Max Hayes und verschränkte seine Arme vor der Brust. In ihm erwachte der kämpferische Geschäftsmann, der seine Chancen sucht und nutzt. »Ihre Spekulationen stimmten, soweit sie sich mit meiner eifersüchtigen Reaktion befaßten«, fuhr er fort. »Ich war entschlossen, mit Ihnen zu sprechen, weil ich erfahren wollte, was von Ihren Behauptungen Hand und Fuß hatte. Aber ich witterte gleichzeitig eine Falle. Deshalb überließ ich das mitgeschnittene Gespräch meinem Anwalt. Ja, ich habe den Rest unserer telefonischen Unterhaltung auf Band aufgenommen! Mein Anwalt weiß, daß ich in dieses Haus gegangen bin, um mich mit dem Mann zu treffen, der mir Material über die angebliche Untreue meiner Frau zu liefern versprach.«

»Sie haben sich eine reizende kleine Geschichte einfallen lassen«, spottete Lester Prater.

Er versuchte seine Überlegenheitspose beizubehalten, aber Max Hayes spürte die plötzliche Unsicherheit in seinem Gegner.

»Ich bin Geschäftsmann, vergessen Sie das nicht – und ein sehr erfolgreicher dazu«, erklärte Max Hayes. »Ich neige nicht zu unbesonnenen Handlungen.«

»Sie bluffen!«

Max Hayes grinste abermals, und diesmal war er völlig sicher, daß er überzeugend wirkte. »Was ist, wenn ich die Wahrheit sage? Wollen Sie es darauf ankommen lassen, daß man nach meinem Tod das Band über sämtliche Radiostationen abspielt, und daß jemand Ihre Stimme erkennt?«

»Wenn es sein muß, lege ich Ihren Anwalt um!«

»Sie wissen nicht, wer er ist.«

»Amelie wird mir seinen Namen nennen.«

»Amelie hat sich nie um meine Geschäftsverbindungen gekümmert«, sagte er. »Sie hat ihren eigenen Anwalt. Amelie wird Ihnen nicht helfen können.«

Seine Stimme brach. Sein Widerstand drohte in sich zusammenzubrechen, noch ehe er sich richtig entfaltet hatte. Die Erwähnung von Amelie erinnerte ihn an ihren Verrat.

Seine Frau wollte seinen Tod! Sie war damit einverstanden, daß dieser teuflische Plan ausgeführt wurde! Es war unfaßbar.

»Wie lange kennen Sie meine Frau?« fragte er.

»Zwei Monate«, sagte Lester Prater.

»In dieser Zeit haben Sie es geschafft . . .?« Max Hayes war außerstande, den Satz zu Ende zu führen.

»Ich bin darauf spezialisiert, wissen Sie«, sagte Lester Prater. »Wenn man gut aussieht und das Talent hat, die Gefallsucht unbefriedigter Frauen auszubeuten, kommt man schnell zum Ziel.«

»Soll das heißen, daß Sie ein Geschäft daraus machen?« fragte Max Hayes.

»Es ist sehr lukrativ«, erwiderte Lester Prater.

»Wie sind Sie an Amelie herangekommen?«

»Durch einen Tip. Wir haben unsere Kontaktleute in den besten Kreisen sitzen.

»Wir?« fragte Max Hayes.

»Oh, ich bin kein Einzelgänger«, sagte Lester Prater. »Ich gehöre einer schlagkräftigen Organisation an. Die Entlohnung erfolgt nach meinem Leistungsanteil. In diesem Falle werde ich mindestens die Hälfte der Beute kassieren.«

»O Gott!« stöhnte Max Hayes und schlug seine Hände vor das Gesicht.

Lester Prater gab sich einen Ruck. Das war genau der richtige Moment! Wenn er jetzt dicht an Hayes herantrat und abdrückte, war alles vorüber!

Max Hayes zuckte zusammen. Er ließ die Hände fallen und sprang auf. Er wich mit dem Rücken bis an die Wand zurück. Nein, er hatte nicht vor, ein Opfer seiner Verzweiflung zu werden!

Seine Liebe zu Amelie schlug in plötzlichen Haß um. Er hatte seine Frau buchstäblich auf Händen getragen, er hatte sie bis zur Selbstaufgabe geliebt. Er war entschlossen, sich für ihren Verrat zu rächen. Es mußte ihm gelingen, auch diesen skrupellosen Killer zur Strecke zu bringen.

Er stellte sich vor, was Amelie sagen würde, wenn er in dieser Nacht zurückkehrte . . . ein Mann, den sie bereits abgeschrieben hatte und für tot hielt!

Max Hayes riß die Tür auf. »Ich renne Ihnen davon«, sagte er keuchend. »Sie können mich nicht auf der Flucht niederschießen. Eine Kugel in meinem Rücken würde Ihr Ränkespiel ad absurdum führen!«

»Hände hoch!« preßte Lester Prater durch die Zähne. »Ich kann meinen Plan ändern. Ich lasse Ihre Leiche einfach verschwinden und damit basta!«

»Und was geschieht mit der Toten?«

»Das lassen Sie nur meine Sorge sein«, sagte Lester Prater.

Max Hayes wirbelte auf den Absätzen herum und stürmte in den langen, schmalen Flur.

»Stehenbleiben!« brüllte Lester Prater hinter ihm.

Max Hayes ignorierte die Aufforderung und rannte weiter. Er hatte nichts zu verlieren. Jetzt kam es darauf an, alles auf eine Karte zu setzen. Er riß die Wohnungstür auf und stolperte vor Aufregung über die Schwelle.

»Hilfe!« brüllte er, als er in den Treppenflur stürmte. »Hilfe!«

Er rannte im Dunkeln die Treppe hinab, weil er keine Zeit hatte, den Lichtschalter zu suchen. Er hörte seinen Gegner dicht hinter sich und steigerte sein Tempo.

Max Hayes fiel, als er eine Stufe falsch berechnete. Ein scharfer, reißender Schmerz durchzuckte ihn, als er hart aufschlug.

Lester Prater war sofort über ihm. Er holte aus und wuchtete den Pistolenschaft auf Max Hayes' Schläfenpartie. Obwohl Max Hayes sofort sein Bewußtsein verlor, wiederholte Prater den Schlag. Dann richtete er sich lauschend auf.

Im Haus herrschte Totenstille.

Möglicherweise hatten Max Hayes' Hilferufe einen oder mehrere Hausbewohner aus dem Schlaf gerissen, aber es war wenig wahrscheinlich, daß jemand darauf reagieren würde. In einem Haus wie diesem hielten es die Mieter für das klügste, sich nicht in fremde Händel einzumischen.

Lester Prater schob die Pistole in seine Jackettasche. Dann hob er den Bewußtlosen auf und warf ihn über seine Schulter. Niemand störte ihn, als er sein Opfer in die Wohnung zurückschleppte.

Lester Prater setzte den Bewußtlosen in einen Stuhl mit Armlehne. Sein Gesicht wurde hart und straff, als er die Pistole aus der Tasche holte. Er dachte an Amelie. Ob sie es wohl in diesem Moment fertigbrachte, zu schlafen?

Lester Prater setzte die Pistolenmündung an Max Hayes' Schläfe. Verdammt, war Hayes Linkshänder? Prater wußte, daß derlei Kleinigkeiten enorm wichtig waren und das Scheitern eines ganzen Plans bewirken konnten.

Lester Prater griff nach den etwas gedrungenen, leicht behaarten Händen des Bewußtlosen. Verwirrt drehte er sich hin und her. Woran ließ sich erkennen, ob man einen Rechts- oder Linkshänder vor sich hatte?

Hayes ist Rechtshänder, entschied Lester Prater. Er glaubte sich plötzlich zu erinnern, daß sein Gegner sich mit der Rechten an der Stuhllehne festgehalten hatte.

Lester Prater holte tief Luft. Warum zögerte er? Worauf wartete er noch? Die Situation konnte sich für ihn nicht verbessern! Sein Finger krümmte sich am Abzug und erreichte den Druckpunkt. In Erwartung des harten, trockenen Knalls schloß er die Augen.

Plötzlich klingelte es.

Für den Bruchteil einer Sekunde hielt Lester Prater das Klingeln für ein Warnsignal seiner überreizten Nerven, aber dann wurde ihm klar, daß jemand an der Wohnungstür stehen mußte.

Langsam ließ Prater die Waffe sinken. Er steckte sie ein.

Er verfluchte sein Pech. Was sollte er jetzt machen? Er konnte unmöglich zur Tür gehen, um zu fragen, was es gab. Vermutlich wollte jemand wissen, wer um Hilfe gerufen hatte. Wenn Hayes inzwischen zu sich kam, konnte das für die Organisation das Ende eines Millionentraumes bedeuten.

Lester Prater erwog, einfach abzudrücken, dem Toten die Pistole in die Hand zu pressen und dann durch eines der Fenster zu entkommen. Er hatte längst festgestellt, daß man von dem zum Hof weisenden Küchenfenster aus bequem die Feuerleiter erreichen konnte.

Das Klingeln wiederholte sich.

Max Hayes zuckte zusammen und hob blinzelnd die Lider. Lester Prater zog die Waffe aus der Tasche und schlug erneut damit zu. Max Hayes sackte prompt in sich zusammen.

In der Diele brannte kein Licht.

Wenn niemand öffnete, wird der Kerl sich trollen, dachte Lester Prater.

Stille.

Lester Prater stieß erleichtert die Luft aus. Er nahm sich vor, noch drei Minuten zu warten. Keine Sekunde länger! Ein schwerer Wagen fuhr mit defektem Auspuff durch die Straße. Lester Prater setzte erneut die Waffe an Max Hayes' Schläfe. Er schaute dabei auf die Uhr.

Plötzlich streifte ein kühler Luftzug seinen Nacken. Lester Prater zuckte herum. Er kam nicht mehr dazu, mit der Pistole zu reagieren. Ein knallharter Karateschlag fegte sie ihm aus der Hand.

»Jerry Cotton!« stieß er hervor.

Er stolperte zwei Schritte zurück und blieb stehen. Mechanisch massierte er mit der Linken sein schmerzendes Gelenk. Er war so überrascht, daß er nicht daran dachte, die Waffe aufzuheben. Ich ging an ihm vorbei und nahm sie an mich.

»Wie . . . wie sind Sie hereingekommen?« stammelte er. Von seiner imponierenden Selbstsicherheit war nichts übriggeblieben.

»Durch die Tür, mit einem simplen Dietrich.«

»Ich habe nichts gehört!«

»Es genügt, daß Sie mich sehen. Der vorüberfahrende Wagen hat mir beim Eindringen als Geräuschkulisse gedient. Ich bin froh, daß ich nicht zu spät gekommen bin.«

»Zu spät wofür?« fragte er schwer atmend.

»Das wird uns gleich Mr. Hayes berichten.«

»Von dem werden Sie nur einen Haufen Unsinn erfahren«, sagte Lester Prater. In seinen Augen flackerte es. Er atmete rasch und suchte verzweifelt nach einem Ausweg.

Max Hayes stöhnte leise. Er hatte einige Mühe, die zähen Nebel der Ohnmacht abzuschütteln.

»Sie wollten ihn töten«, sagte ich.

»Quatsch«, meinte Lester Prater scharf. »Ich wollte ihm nur Angst einjagen. Ich gebe zu, daß ich ihn . . .« Er unterbrach sich, als ihm einfiel, daß alles Leugnen zwecklos war. Die Tote unter dem Bett mußte ihn überführen.

»Ich gebe zu, daß ich ihn reinlegen wollte«, sagte er rasch. »Ich bin ihm in diese Wohnung gefolgt. Ich sah, wie er sie betrat, und wartete auf seine Rückkehr. Als er nicht wieder aufkreuzte, verschaffte ich mir Einlaß. Schauen Sie mal unter das Bett, G-man . . . dann werden Sie sehen, was der Kerl angerichtet hat!«

Max Hayes öffnete die Augen. Er schluckte. »Wasser«, krächzte er.

»Ich hole ihm ein Glas«, erbot sich Lester Prater und machte kehrt.

»Okay, aber ich begleite Sie«, sagte ich.

Wir durchquerten die Diele und betraten die kleine, unaufgeräumte Küche. Im Ausguß stapelte sich schmutziges Geschirr. Lester Prater öffnete den Kühlschrank und nahm eine Flasche heraus.

»Ich will Ihnen sagen, wie ich die Dinge sehe«, meinte er, als er den Sprudel in ein Glas füllte. »Hayes war mit Mary Watkins befreundet. Vermutlich wollte sie ihn erpressen, oder sie sind aus einem anderen Grund aneinandergeraten. Jedenfalls hat er sie umgebracht! Ich wette, er wird Ihnen irgendein Schauermärchen erzählen, um sich zu entlasten.«

»Da kann er von Ihnen lernen«, sagte ich.

»Glauben Sie mir nicht?« brauste Lester Prater auf.

»Kein Wort. Sie wollten ihm umbringen.«

»Was hätte ich davon gehabt, verdammt noch mal?«

»Zwanzig Prozent seines Vermögens. Das ist doch Ihre Arbeitsgrundlage, nicht wahr?«

»Ich weiß nicht, wovon Sie reden.«

»Kommen Sie. Wir setzen die Unterhaltung im Wohnzimmer fort.«

Mit einer jähen Bewegung erfaßte er die Flasche. Er schlug sie über die Tischkante und hielt im nächsten Moment nur noch den messerscharf gezackten Flaschenhals in der Hand. Er hielt ihn wie eine Waffe und sprang mich damit an.

Ich wich ihm mit einem Sidestep aus und ließ ihn über meinen vorschnellenden Fuß stolpern. Lester Prater ging zu Boden, war aber sofort wieder auf den Beinen. Ich erfaßte seine rechte Hand mit einem Polizeigriff und zwang ihn dazu, den Flaschenhals fallen zu lassen.

»Aufhören!« wimmerte er. »Sie brechen mir ja den Arm!«

Ich gab ihn frei. Er lehnte sich gegen den Kühlschrank. Im Rahmen der offenen Tür tauchte Max Hayes auf. »Er wollte mich töten«, sagte er. »Er hat auch das Mädchen ermordet!«

»Der Kerl spinnt«, murmelte Lester Prater ohne Überzeugungskraft.

»Er wollte alles so arrangieren, daß es wie Mord und Selbstmord aussieht«, krächzte Max Hayes. »Und Amelie . . . mein Gott, sie hat ihm dabei geholfen!«

Lester Prater starrte mich an. »Ich verstehe es nicht«, sagte er. »Mir ist niemand gefolgt. Wie haben Sie mich und diese Wohnung gefunden?«

»Das war leicht«, sagte ich. »Ich habe mich an Mrs. Hayes gewandt.«

Max Hayes schleppte sich zu dem Tisch, auf dem das gefüllte Glas stand. Er griff danach und leerte es mit zwei langen Zügen. Dann starrte er mich ebenso verblüfft an, wie das Lester Prater tat.

»Amelie?« fragten sie fast im Chor.

»Ja«, nickte ich. »Ich habe zweimal mit ihr telefoniert. Das erstemal reagierte sie sehr ungehalten. Sie mimte die beleidigte Unschuld. Ich rief sie ein zweitesmal an und machte ihr klar, was ich wußte. Als sie begriff, was auf sie zukam, wurde sie weich und wechselte das Lager.«

»Ich glaube Ihnen nicht«, stieß Lester Prater hervor. »Damit würde sie sich doch selbst in die Pfanne gehauen haben!«

»Das ist richtig«, gab ich zu, »aber ich konnte sie davon überzeugen, daß Beihilfe zum Mord schwerer wiegt als versuchte Beihilfe. Sie war klug genug, in letzter Minute das kleinere Übel zu wählen.«

»Weiber!« preßte Lester Prater durch seine Zähne. »Es mußte ja eines Tages so kommen. Frauen sind keine Partner.«

»Diese Weisheit hätten Sie sich schon früher zu Herzen nehmen sollen«, sagte ich. »Für wen arbeiten Sie?«

»Von mir erfahren Sie nichts!«

»Oh, es geht auch so«, sagte ich. »Der Fall liegt sonnenklar. Im übrigen wird mir Myriam Price weiterhelfen. Sie haßt die Mattesons. Sie wollte Richard Matteson töten, um den Mord an ihrem Mann zu rächen, hätte aber um ein Haar dabei ihr eigenes Leben eingebüßt.«

»Sie sprechen in Rätseln.«

»Geben Sie es auf, Prater. Sie sind fix und fertig. Mr. Hayes kann bestätigen, daß Sie ihn ermorden wollten. Außerdem geht der Mord an Mary Watkins auf Ihr Konto, ganz zu schweigen von den anderen Gewaltverbrechen.«

»Ich bin nur ein ganz kleiner Fisch«, behauptete Lester Prater.

»Er ist ein Blutsauger!« korrigierte Max Hayes. »Eine

Bestie! Der Kerl gab sich nicht damit zufrieden, mich töten zu wollen. Er weidete sich an meiner Furcht und meinem Entsetzen. Er mußte mir alles haargenau erzählen, so verdammt stolz war er auf seinen teuflischen Plan.«

»Niemand wird Ihnen glauben«, versicherte Lester Prater. Er hörte sich an, als versuchte er sich selbst Trost zu spenden. »Erstens leben Sie noch, und zweitens kann eine so verrückte Geschichte doch nur erfunden sein . . .«

»Sie vergessen die ermordete Mary Watkins«, sagte Max Hayes scharf. »Sie wird meinen Bericht untermauern.«

Ich schob Lester Prater aus der Küche. »Gehen wir ins Wohnzimmer«, sagte ich. »Ich muß die Mordkommission verständigen. Aber Sie können schon jetzt ein umfassendes Geständnis ablegen.«

»Ich denke nicht daran!« sagte Lester Prater.

»Ich möchte Mr. und Mrs. Matteson sprechen, bitte«, sagte ich.

Es war zehn Uhr morgens. Über dem Land wölbte sich ein Himmel von wolkenloser Bläue. Der Tag versprach ungewöhnlich heiß zu werden.

»Bedaure, Sir«, sagte der Butler. »Die Herrschaften haben mich gebeten, jeden Besucher abzuweisen.«

Ich ging einfach an dem Butler vorbei. »Mit mir werden sie eine Ausnahme machen.«

Er blieb an der geöffneten Tür stehen und musterte mich frostig. »Ich darf mir erlauben, Sie darauf hinzuweisen, daß Sie sich des Hausfriedensbruchs schuldig machen.«

»Vielen Dank«, sagte ich und durchquerte die Diele.

»Die Mattesons werden bald keine Zeit mehr haben, sich mit derlei Bagatellen herumzuschlagen ... und Sie, mein Lieber, sollten sich allmählich nach einem anderen Job umsehen.«

Ich betrat den Korridor, der zu den Schlafräumen führte. Ich klopfte kurz an die Tür von Cynthia Mattesons Zimmer und öffnete sie, ohne ein ›Herein‹ abzuwarten.

Cynthia Matteson saß in einem weißen, mit Goldborte eingefaßten Morgenmantel am Toilettentisch und bürstete sich ihr Haar. Da sie mein Näherkommen im Spiegel verfolgen konnte, nahm sie sich nicht die Mühe, den Kopf zu wenden.

»Guten Morgen«, sagte ich.

»So gut ist er nun wirklich nicht«, meinte sie, ohne ihr Bürsten zu unterbrechen. »Das war eine schreckliche Nacht.«

»Sie war sehr lebhaft«, gab ich zu und schaute mich nach einer Sitzgelegenheit um. »Aber auch äußerst ergiebig. Wie geht es Mr. Matteson?«

»Er liegt mit einer Schußverletzung im Krankenhaus. Ich werde ihn nachher besuchen.«

»Oh, dann können wir gemeinsam hinfahren«, sagte ich. »Ich habe ihn viel zu fragen. Aber das meiste können Sie mir schon jetzt beantworten.«

»Ich muß passen«, meinte sie und legte die Bürste aus der Hand. »Ich habe versucht, die Vorgänge der vergangenen Nacht zu erfassen. Es ist mir nicht gelungen. Ich habe selbst eine Menge Fragen an Richy zu stellen.«

»Fragen Sie mich«, schlug ich vor. »Ich halte mich für gut informiert.«

»Warum sind Sie dann hier?«

»Ich möchte meine Theorie bestätigen lassen«, sagte ich. »Darf ich mich setzen?«

Cynthia Matteson zuckte mit den Schultern. »Bitte«, sagte sie. »Bei Ihrer Penetranz wäre es vermutlich unsinnig, Ihnen einen Stuhl verwehren zu wollen.«

»Penetranz übe ich nur bei Leuten, die weder Takt noch Höflichkeit verdienen«, sagte ich.

Das Telefon klingelte. Cynthia Matteson erhob sich und trat an den Apparat. »Für Sie«, sagte sie und streckte mir den Hörer entgegen, nachdem sie sich gemeldet hatte.

»Cotton.«

»Ich bin's, Phil. Matteson ist aus dem Hospital getürmt.«

»Na, bitte«, sagte ich. »Das läuft doch planmäßig. Hat Steve Dillaggio sich an seine Fersen geheftet?«

»Ja . . . aber er hat sich abschütteln lassen«, sagte Phil. »Schlechte Nachrichten, was?«

»Ich habe schon bessere gehört. Wie konnte das passieren?«

»Wir haben Matteson unterschätzt. Die Gruppe, die ihn abholte, muß unsere Vorbereitungen durchschaut oder erahnt haben. Als Steve dem Gangsterwagen zu folgen versuchte, stellte sich ein Sattelschlepper vor ihm quer zur Straße . . .«

»Setz dich mit Allyson Partland in Verbindung«, empfahl ich ihm. »Ich habe dir gesagt, wo du sie erreichst. Wahrscheinlich kann sie uns mitteilen, wo wir Matteson finden.«

»Bis später«, sagte Phil und legte auf.

»Was ist los?« fragte Cynthia Matteson. Sie erhob sich und streifte ohne Scheu ihren Morgenmantel ab. Sie hatte nur ihren BH und einen kurzen Slip darunter an. Sie öffnete den Kleiderschrank und schien nicht zu wissen, für welches Kleid sie sich entscheiden sollte.

»Ihr Mann ist getürmt«, sagte ich.

»Getürmt?« fragte sie und wandte sich mir zu. Ich mußte zugeben, daß sie fabelhaft gewachsen war. Ihre Beine waren ungewöhnlich schlank und glatt. »Das hört sich an, als sei er inhaftiert gewesen.«

»Er wußte, daß das auf ihn zukam – deshalb zog er es vor, das Quartier zu wechseln.«

»Ich weiß nicht, worauf Sie hinauswollen. Wahrscheinlich hatte er Angst vor einem zweiten Anschlag«, sagte Cynthia Matteson. »Er fühlt sich bedroht!«

»Der Ärmste«, spottete ich. »Er weiß verdammt genau, daß Myriam Price ihr Pulver verschossen hat. Im Augenblick hat er nur noch uns zu fürchten.«

»Wie geht es Mrs. Price?«

»Sie ist noch bewußtlos und nicht aussagefähig.«

»Die Ärmste!« seufzte Cynthia Matteson.

»Spätestens morgen oder übermorgen wird sie sprechen können, aber davon erwarte ich mich nicht viel. Sie steckt selbst zu tief in diesem Morast . . .«

»Würde es Ihnen etwas ausmachen, wenn Sie sich klarer ausdrückten? Mir fehlt die Begabung, aus diesen hingeworfenen Wortbrocken ein abgerundetes Bild zu gewinnen.«

»Matteson ließ Stafford Price töten. Myriam Price war damit nicht einverstanden. Sie kam her, um den Tod ihres Mannes zu rächen. Sie schoß auf Matteson, verletzte ihn aber nur an der Schulter. Noch ehe sie ein zweitesmal abdrücken konnte, wurde sie von Mattesons Gorillas überwältigt, zusammengeschlagen – und für den Abtransport in den Mercedes gelegt.«

»Sie haben eine rege Phantasie.«

»Sie wissen noch nicht alles. Seit heute nacht muß sich Lester Prater wegen Mordes und versuchten Mordes verantworten.«

Cynthia Mattesons Augen verdunkelten sich. Sie trat

dicht vor mich hin und stützte eine Hand auf ihre Hüfte. »Ihr Besuch ist in der Regel gut für zwei oder drei Überraschungen«, sagte sie leise.

»Darauf bin ich stolz«, erwiderte ich trocken. »Sie sollten sich etwas überziehen . . .«

»Mir ist nicht kalt«, flüsterte sie. »Nicht in Ihrer Nähe, G-man. Gefalle ich Ihnen?«

»Sie sehen blendend aus und sind prächtig gewachsen«, räumte ich ein, »aber das kann man auch von einer schillernden Schlange behaupten.«

»Ich liebe Männer wie Sie! Ich liebe Männer, die hart und zielstrebig sind.«

»Meine Ziele werden Ihnen nicht gefallen. Sie bedeuten das Ende Ihrer Organisation.«

»Meiner Organisation?« fragte sie stirnrunzelnd. »Da liegen Sie schief, mein Freund.« Sie wandte sich ärgerlich ab und holte einen Rock und einen Pulli aus ihrem Kleiderschrank. Sie streifte sich erst den Pulli über den Kopf, dann zog sie den Rock an.

»Als Henry Carsson starb . . .« begann ich.

»Ich kenne keinen Henry Carsson, und mich interessiert nicht, wie er gestorben ist«, fiel sie mir heftig ins Wort und schloß den breiten Lackledergürtel, der den oberen Abschluß ihres Rockes bildete. »Sie öden mich an!«

»Als Henry Carsson starb«, wiederholte ich ungerührt, »beging Ihr Mann den größten Fehler seines Lebens. Ohne diesen Fehler wäre ich vermutlich jetzt nicht hier.«

Cynthia Matteson steckte sich eine Zigarette an. »Okay«, seufzte sie. »Reden Sie nur weiter. Schütten Sie ihr Herz aus. Ich kann Sie ja doch nicht stoppen.«

»Ihr Mann – oder sein Gehilfe – sahen, wie Henry Carsson mir sterbend etwas zuflüsterte. Einen Namen.

Den Namen Matteson, wie sie vermuteten. Das brachte Ihren Mann auf die Idee, den wahren Grund von Henry Carssons letzter Mitteilung zu verschleiern, indem er sich mir nicht als Boß, sondern als Kunde der Killerorganisation präsentierte. Ihr Mann spekulierte ganz richtig darauf, daß ich Henry Carssons Wohnung aufsuchen würde, um mich darin umzusehen. Er erwartete mich dort und spielte mir eine Komödie vor, die allein dem Zweck diente, mich zu täuschen und Henry Carssons letzten Worten eine einigermaßen plausibel erscheinende Erklärung zu geben. Das gelang ihm zunächst – aber auf diese Weise war er in das Spiel geraten und mußte zusehen, wie er immer mehr zum Mittelpunkt des Geschehens wurde.«

»Eine Frage«, sagte die Frau. »Warum mußte dieser Henry Carsson sterben – und was, bitte schön, hat sein Tod mit Richy zu tun?«

»Muß ich Ihnen das wirklich erklären? Es ging um Linda Sherwood, um ein Millionengeschäft. Die Frau wollte nicht zahlen, sie wollte sich nicht den Bedingungen beugen, die Ihre Organisation ihr stellte. Sie kam zu uns und identifizierte Lester Prater als den Mann, der sie zu erpressen versuchte. Die Organisation schaltete prompt und zog der Frau die Daumenschrauben an. Die körperliche Attacke, die diesem Zweck dienen sollte, traf aber mangels gründlicher Vorbereitung die Falsche ... nämlich Myriam Price. Mein Kollege und ich waren dabei, als es passierte. Es gelang mir, im Garten des Hauses Henry Carsson zu schnappen. Ich brachte ihn ins Wohnzimmer. Sein Komplize befürchtete, daß er plaudern würde, und hielt es für das beste, Henry Carsson mit einer Kugel zum Schweigen zu bringen.«

»Wollen Sie damit sagen, daß dieser Komplize mein Mann war? Das ist doch absurd!«

»Wir werden es bald genau wissen«, sagte ich.

»Ich wünsche Ihnen Glück«, sagte sie.

Sie war sehr blaß. Ihre mühsam bewahrte Haltung vermochte nicht darüber hinwegzutäuschen, was sie befürchtete. Wenn Lester Prater, wenn Allyson Partland und Myriam Price zu singen begannen, waren sie, Cynthia Matteson, ihr Mann und die Organisation geliefert. Natürlich hoffte die Frau, daß es nicht so weit kommen würde. Ihre Hoffnung gründete sich auf die Erkenntnis, daß die Betroffenen sich mit jeder Aussage selbst belasten mußten.

»Übrigens halte ich es für durchaus denkbar, daß Stafford Price den Mann getötet hat.«

»Welchen Mann?«

»Henry Carsson«, sagte ich. »Es ging Price mög licherweise nicht nur darum, Carsson zum Schweigen zu bringen. Price war gleichzeitig mehr als wütend darüber, daß Carsson Myriam verletzt hatte.«

»Jetzt begreife ich gar nichts mehr«, sagte die Frau. »Einmal beschuldigen Sie meinen Mann, dann greifen Sie Stafford Price an. Um wen geht es Ihnen denn nun wirklich?«

»Um beide. Stafford Price war der große Boß, der Mann im Hintergrund, das Hirn der Organisation, die Ideenfabrik.«

»Ein Öl-Millionär?« spottete Cynthia Matteson. »Das hatte er doch gar nicht nötig!«

»Das Nichtstun hat ihn verdorben. Es brachte ihn dazu, seine kriminellen Neigungen zu entwickeln. Myriam half ihm dabei.«

»Was hat das mit uns zu tun?«

»Eine ganze Menge«, sagte ich. »Die Mattesons leiteten Price' New Yorker Arbeitsgruppe. Das gefiel Ihrem Richard immer weniger. Stafford Price saß im entfernten Texas. Er spürte, wie ihm seine New Yorker Gruppe aus der Hand zu gleiten drohte. Deshalb kreuzte er persönlich hier auf, um zu zeigen, daß er noch immer der Big Chief war, und daß er nicht davor zurückschreckte, eine schwierige Aktion selbst zu leiten.«

»Stafford Price ist tot, er kann sich nicht verteidigen«, schnappte die Frau.

Ich ignorierte den Einwurf und sagte: »Ihr Mann, Mr. Matteson, hatte keine Lust, seine Beute mit Price zu teilen, der nur sporadisch hier auftauchte und dann große Töne zu spucken versuchte. Richard Matteson ließ Stafford Price aus dem Weg räumen. Myriam, die Frau des Opfers, wußte, daß auch sie bedroht war. Sie wollte den Tod ihres Mannes rächen und damit gleichzeitig ihr eigenes Schicksal gegen Richard Mattesons Mordpläne absichern.«

»Ich höre nicht mehr hin«, sagte die Frau. »Es ist ja doch alles Unsinn, was Sie sich zusammenreimen.«

»Wir sprechen uns noch«, versicherte ich ihr und verließ den Bungalow.

Ich setzte mich in meinen Jaguar, fuhr bis zur nächsten Kreuzung und stoppte dort. Ich griff nach dem Handmikrofon und rief die Zentrale.

»Telefonfahndung, bitte«, sagte ich.

Sekunden später hatte ich den Kollegen an der Strippe. »Spricht sie schon?« fragte ich.

»Noch nicht. Aber jetzt . . .«

»Ich warte«, sagte ich.

Ich kurbelte das Fenster herunter und steckte mir eine Zigarette an. Es wäre sinnlos gewesen, der Frau zu erzählen, was ich wußte oder ahnte, wenn sich damit nicht ein paar entscheidende Fortschritte verbinden ließen.

Vor meinem Besuch hatte ich die Telefonfahndung

gebeten, die Nummer des Teilnehmers festzustellen, mit dem Cynthia Matteson nach meinem Gehen sprechen würde. Ich war davon überzeugt, daß sie wußte, wohin sich Richard Matteson gewandt hatte, und hoffte, daß sie versuchen würde, sich mit ihm in Verbindung zu setzen.

»Mr. Cotton?« tönte es mir aus dem Lautsprecher entgegen.

»Haben Sie die Nummer?« fragte ich.

»Ja, Sir. Die Nummer gehört einem gewissen James Sherwood in . . .«

»Danke«, unterbrach ich ihn verblüfft. »Ich kenne die Adresse.«

Kurz vor elf stoppte ich meinen Jaguar vor dem Eingang des Sherwoodschen Bungalows. Ich hatte den Wagen nach Praters Verhaftung an der Tankstelle abgeholt, wo er von Allyson Partland abgestellt worden war.

Ich klingelte. Der Butler öffnete und ließ mich eintreten. »Mrs. Sherwood ist im Garten«, informierte er mich. »Ich melde Sie an.«

»Lassen Sie nur«, winkte ich ab und öffnete die Tür zum großen Salon. »Ich kenne den Weg.«

Ich durchquerte den großen Raum und betrat die sonnenüberflutete Terrasse. Linda Sherwood ruhte auf einer Gummimatratze am Swimmingpool. Sie hatte die Arme unter dem Nacken verschränkt und hielt die Augen geschlossen. Das blasse Rosa ihres winzigen Bikinis hob sich deutlich von ihrer gebräunten, ölglänzenden Haut ab.

»Hallo«, sagte ich, als ich neben ihr stand.

Sie hob blinzelnd die Lider, dann senkte sie sie. »Nein«, sagte sie. »Nein, bitte nicht. Keine Fragen. Ich kann sie nicht beantworten. Ich weigere mich, an etwas zu denken. Ich möchte nur in der Sonne liegen und vor mich hindösen.«

»Sorry«, sagte ich. »Dazu ist jetzt keine Zeit.«

Linda Sherwood hob erneut die Lider. Sie schaute mich voll an. Obwohl ihr die grelle Sonne ins Gesicht knallte, brachte sie es fertig, nicht einmal zu blinzeln.

»Fassen Sie sich kurz«, sagte sie.

»Ich möchte mit Richy sprechen.«

»Mit wem?«

»Mit Richy Matteson.«

»Kenne ich nicht.«

»Oh, er ist der Mann, der Sie um ein paar Millionen erleichtern wollte.«

»Soll das heißen, daß er mit diesem Lester Brown identisch ist?« fragte sie.

»Nein, nein«, erwiderte ich. »Sie und ich wissen doch inzwischen, daß dieser Bursche Prater heißt.«

»Das trifft nicht zu«, meinte sie und setzte sich steil auf. Sie schlang ihre Arme um die angezogenen Knie. »Ich habe Ihnen gesagt, daß das nicht stimmt.«

Ich nickte geduldig. »Sie mußten sagen, was die Organisation von Ihnen verlangte. Die Gangster haben Sie erpreßt und Ihnen klargemacht, was geschieht, wenn Sie aus der Reihe tanzen.«

»Hören Sie – was soll der Quatsch?« fragte sie heftig. »Ich kenne keine Organisation. Ich bin eine Frau, die ihren Mann verloren hat und endlich vergessen will, was geschehen ist. Sie trampeln mir auf den Nerven herum!«

»Es kommt noch besser«, sagte ich. »Lester Prater wurde heute nach verhaftet.«

Sie schluckte. »Ja?«

»Ja«, echote ich. »Er hat ein Mädchen namens Mary

Watkins ermordet. Ich kam gerade zurecht, um einen weiteren Mord zu verhindern.«

»Das ist ja phantastisch!« hauchte die Frau. Sie zog die Schultern nach vorn und preßte die Arme ganz fest um die Knie. Ich spürte, wie sie damit gegen das plötzlich aufkommende Zittern anzukämpfen versuchte.

»Wollen Sie nicht auspacken?« fragte ich.

»Sie wissen doch alles!« meinte sie.

»Was wollte Cynthia Matteson von Ihnen?«

Linda Sherwoods Augen funkelten hart. »Sie machen mich nervös. Ich kenne die Frau nicht!«

»Sie hat vor knapp einer Stunde bei Ihnen angerufen. Cynthia Matteson wollte mit ihrem Mann sprechen, nicht wahr! Er ist auf die Idee gekommen, sich hier einzuquartieren, weil er glaubt, daß man ihn überall suchen wird . . . nur nicht in diesem Hause.«

»Sie irren sich, G-man.«

»Sie haben James Sherwood, Ihren Mann, töten lassen«, sagte ich. »Als es passiert war, widerfuhr Ihnen etwas zutiefst Erschreckendes und sehr Merkwürdiges. Lester Prater kreuzte hier auf und schlug Ihnen vor, Sie zur reichen Witwe zu machen. Sie konnten ihn zum Teufel jagen und sich mit uns in Verbindung setzen, weil der Mord an Ihrem Mann längst ausgeführt worden war. Lester Praters Hinterleute gaben sich damit nicht zufrieden. Die Organisation hatte Sie und Ihren Mann wochenlang beobachtet und beschattet, sie hatte jedes Detail Ihrer Lebensführung gesammelt . . . und deshalb wußte Matteson auch von Ihrer Verbindung zu Enrico Czarwatzki.«

»Was reden Sie da nur?« murmelte die Frau.

»Richard Mattesons Leute hatten es nicht schwer, sich den Rest zusammenzureimen«, fuhr ich fort. »Damit erpreßte man Sie. Ein zusätzlicher Überfall, der allerdings Myriam Price traf, sollte Ihnen zeigen, mit wem Sie es zu tun hatten. Das war der Grund, weshalb Sie plötzlich kniffen, als ich Ihnen Lester Prater vorführte . . .«

Die Frau erhob sich. Der Duft ihres Sonnenöls stieg in meine Nase. Sie verschränkte die Arme vor der Brust und massierte mit ihren Händen die glatte Haut ihrer Schulterrundungen. Es sah aus, als ob sie fröre.

»Sie hatten nicht nur Pech mit den Folgen des von Ihnen arrangierten Mordes«, sagte ich. »Sie mußten bald einsehen, welche Rolle Ihre vermeintliche Freundin Myriam Price in dem Verbrechen spielte. Myriam war es nämlich, die Mattesons Organisation die ersten Tips über die Mängel der Sherwoodschen Ehe gegeben hatte. Myriam hatte Sie durchschaut und in Ihnen ein brauchbares Opfer der Organisation entdeckt. Aber das war ihr nicht genug. Myriam Price wollte dabeisein und miterleben, wie die Organisation in Ihrem Falle arbeitete. Myriam Price übernahm eine Doppelrolle als Spitzel und neugierige Beobachterin. . .«

»Sind Sie endlich fertig?« stieß Linda Sherwood hervor.

»Gleich«, antwortete ich. »Wir müssen nur noch Enrico Czarwatzkis Schicksal klären. Als er nachts herkam, um sein Blutgeld zu kassieren, erwartete ihn bereits sein Mörder. Sie kannten ihn. Es war Stafford Price.«

»Das ist ja irre«, meinte die Frau. »Stafford Price, ein Öl-Millionär . . .«

»Dieses Argument mußte ich heute schon einmal entkräften«, sagte ich. »Price war der Superboß. Richard Matteson war sein New Yorker Filialleiter. Wir werden bald wissen, wie viele Schreckensteams dieser Art im Lande existieren. Fest steht, daß die Price' nach

New York kamen, um Matteson an Ort und Stelle zu beweisen, daß sie nicht nur kassieren, sondern auch aktiv in die Verbrechen eingreifen konnten. Price lockte Czarwatzki unter einem Vorwand in eine Falle und schoß ihn dort persönlich nieder . . .«

»Ich glaube kein Wort davon.«

»Das sagen Sie nur, weil Sie sich weigern, zuzugeben, daß Sie am Ende sind.«

»Czarwatzki ist tot. Mein Mann ist tot. Ich war nicht dabei, als es James erwischte. Ich habe für die Tatzeit ein Alibi. Wie wollen Sie mich überführen?«

»Oh, das ist einfach. Die übliche Kettenreaktion. Wir beginnen am schwächsten Glied der Kette und brechen sie dort auf. Der Rest besorgt sich von selbst. Einer wird den anderen beschuldigen, um sich selbst reinzuwaschen.«

»Ich bin nicht das schwache Glied, von dem Sie sprechen«, sagte sie scharf.

»Mag sein. Vermutlich wird Allyson Partland mit dem Singen beginnen. Den Anfang hat sie bereits gemacht. Dann werden Sie folgen, Mrs. Sherwood. Ich habe ein Auge dafür. Sie stehen am Rande eines hysterischen Ausbruchs.«

»Das möchten Sie wohl gern, was? Aber diesen Gefallen tue ich Ihnen nicht!« Sie wandte sich abrupt ab und ging auf das Haus zu. Ich blieb dicht hinter ihr.

»Ein Geständnis wird Sie erleichtern«, sagte ich.

Wir betraten den Salon. Linda Sherwood schaute sich wie suchend um.

»Ihr Bademantel liegt hinter der Couch«, sagte eine männliche Stimme.

Ich zuckte herum. Hinter den Vorhängen der Terrassentür traten zwei Männer hervor. Einer von ihnen war Matteson. Den anderen hatte ich am Vorabend in einem weißen Dinnerjackett auf Mattesons Party gesehen.

Er hatte sich beträchtlich verändert. Statt des Dinnerjacketts trug er einen Lumberjack aus Knautschlack, und sein Whiskeyglas hatte er mit einer Maschinenpistole vertauscht.

»Nehmen Sie die Klauen hoch«, sagte er, »oder ich zersäge Sie mit meiner Puste in die Teile eines Puzzlespiels!«

Ich hob die Hände.

Linda Sherwood trat hinter die Couch und bückte sich nach ihrem Mantel. Sie schlüpfte hinein, verknotete den Gürtel und ließ sich auf die Couch fallen. Sie sah müde und erschöpft aus. »Es hat doch keinen Zweck«, sagte sie.

»Was hat keinen Zweck?« erkundigte sich Matteson.

»Was Sie hier anstellen«, meinte die Frau. »Er weiß Bescheid.«

»Das meiste haben wir mitgehört«, sagte Matteson.

Er machte gleichfalls einen blassen, übermüdeten Eindruck. Unter seinen Augen zeichneten sich bläulich schimmernde Schatten ab.

Er trug eine Sportkombination und einen dünnen Rollkragenpullover, unter dem deutlich der Schulterverband zu erkennen war.

»Er ist bestimmt nur hergekommen, um uns mitzuteilen, was er weiß!« sagte die Frau bitter. »Der FBI, seine Dienststelle, hat möglicherweise schon das Haus umstellt. Ich wette, sie haben ihn nur vorgeschickt, damit er mal auf den Busch klopfen kann.«

»Sie sehen Gespenster, gnädige Frau«, spottete Richard Matteson. »Ich kenne diesen Typ. Er ist ein Einzelgänger. Ein Mann, der alles allein machen will. Das bricht ihm das Genick.«

»Warten wir es ab«, sagte ich.

»Stellen Sie sich mit dem Gesicht zur Wand«, befahl Richard Matteson. »Legen Sie die Hände flach dagegen und spreizen Sie die Beine. Sie wissen ja, wie man das macht.«

Ich gehorchte.

»Cotton hat gewußt, daß Ihre Frau hier anrufen wird«, sagte Linda Sherwood. »Er hat sogar darauf spekuliert. Es war ein Teil seines Programms. Die von ihm eingeschaltete Telefonfahndung ermittelte prompt meine Adresse. Nein, Matteson – so einen Burschen legen Sie nicht aufs Kreuz!«

»Bangemachen gilt nicht«, erklärte Richard Matteson. Er trat von hinten an mich heran und klopfte mich sorgfältig nach Waffen ab. »Cotton ist unsere Geisel. Wenn seine Kollegen versuchen sollten, mit uns verrückt zu spielen, pusten wir ihn über den Haufen. Verdammt noch mal, wir haben nichts zu verlieren.«

»Nichts außer unserem Leben«, meinte Linda Sherwood bitter.

»Zugegeben, es hängt an einem seidenen Faden«, sagte Richard Matteson, »aber wenn wir die Nerven behalten, kann uns nichts passieren.«

»Es ist schon zuviel passiert«, meinte die Frau.

»Die Price' haben uns die Tour vermasselt«, beschwerte sich Richard Matteson. »Es wurde Zeit, daß ich mich von dem Kerl trennte.«

»War Stafford Price wirklich Ihr Boß?« erkundigte sich Linda Sherwood.

»Sie haben Nerven! Erwarten Sie im Ernst, daß ich dieses Thema vor Cotton diskutiere?«

»Der weiß ja doch Bescheid!«

»Der weiß gar nichts«, raunzte Richard Matteson wütend. »Er klopft nur auf den Busch.«

»Es war idiotisch von Ihnen, zu mir zu kommen«, brach es aus Linda Sherwood hervor. »Denken Sie nur an Howard! Ich weiß nicht, wie er reagieren wird.«

»Wir lassen ihn nicht aus den Augen«, versicherte ihr Richard Matteson. »Ich hatte keine Wahl. Ohne Cynthias Schnitzer wäre niemand auf die Idee gekommen, daß ich mich in Ihrem Haus versteckt halte.«

Richard Matteson trat von mir zurück. »Es ist okay«, sagte er. Ich ließ die Hände fallen und drehte mich um. Der Kerl mit der Maschinenpistole beobachtete mich aus schmalen Augenschlitzen. Seine Hand lag am Abzug.

»Es gefällt mir nicht, daß Cotton ohne Revolver erschienen ist«, meinte Linda Sherwood nervös. »Das beweist, daß er von anderen gedeckt wird.«

»Machen Sie endlich Schluß mit der blöden Unkerei«, fuhr Richard Matteson die Frau an.

»Ich habe meine Lektion gelernt«, meinte sie bitter. »Ich war überzeugt, das perfekte Verbrechen geplant zu haben. Jetzt weiß ich, daß es das nicht gibt. Was man auch plant und überlegt . . . der Kommissar Zufall läßt sich nicht ausschalten. Er hat mich ruiniert.«

»Regen Sie sich nicht auf. Sie leben noch. Sie werden bekommen, was Ihnen zusteht.«

»Da hat er wirklich recht«, warf ich ein.

»Ich spreche von Sherwoods Millionen«, meinte Richard Matteson. »Niemand kann sie der Frau streitig machen. Nicht einmal Sie, Cotton . . . denn ich habe vor, Ihnen das große Maul mit Blei zu stopfen. Was halten Sie davon?«

»Sie sollten auf die Frau hören«, warnte ich ihn.

Er lachte kurz und verächtlich. »Ich bin kein Mann,

der vor Schwierigkeiten kapituliert. Im Gegenteil! Sie reizen mich. Ich betrachte sie als Herausforderung.«

Linda Sherwood erhob sich. Ich sah, wie sich ihr Gesichtsausdruck veränderte. Er zeigte Verwunderung, dann Schmerz und plötzlich Panik. Sie machte einen Schritt nach vorn und preßte beide Hände auf ihren Unterleib. »Nein«, ächzte sie. »Nein!«

»Was ist los mit Ihnen?« fragte Richard Matteson stirnrunzelnd.

Linda Sherwoods Kinnlade begann zu beben. Ihre Augen weiteten sich, aber sie schaute keinen von uns an. »Was hat sie?« wandte sich Richard Matteson mit ratloser Miene an seinen Gorilla.

»Ist mir egal«, sagte der Gorilla, ohne seinen Blick von mir zu wenden.

Linda Sherwood brach plötzlich in die Knie. Ihr Atem kam keuchend und schwer. »Mein Gott, so helft mir doch«, würgte sie hervor. »Einen Arzt! Ich brauche einen Arzt.«

»Sie haben den Verstand verloren«, sagte Richard Matteson verdutzt. »Sie kennen meine Lage. Ich kann keinen Fremden ins Haus lassen.«

»Ich verbrenne . . . ich sterbe!« ächzte Linda Sherwood. »Gift! Jemand hat mich vergiftet . . .«

»Die spinnt«, sagte der Gorilla verächtlich.

»Ich weiß nicht, vielleicht geht es wirklich schlecht«, meinte Richard Matteson. »Sieh sie dir an. Sie ist fertig. Ein Wrack.«

»Wer sollte es getan haben?« fragte der Gorilla. Er schenkte der Frau nur einen sehr flüchtigen Blick.

»Der Butler, wer denn sonst?« fragte Matteson.

Der Gorilla lachte kurz und unlustig. »Immer ist es der Butler«, spottete er. »Wie in einem Krimi. So was gibt's doch gar nicht.«

»Vielleicht doch«, sagte Richard Matteson und legte die Hand auf die Stelle, wo sich unter seinem Pullover der Verband abzeichnete.

»So helfen Sie mir doch, lassen Sie mich raus, oder rufen Sie den Arzt!« schrie Linda Sherwood, die sich wie im Fieber schüttelte und deren Gesichtszüge sich immer mehr verzerrten. »Tun Sie endlich etwas . . .«

»Der Butler, klar!« meinte Richard Matteson. »Howard hat an seinem Herrn gehangen. Er war schon bei ihm, noch ehe Sherwood diese Puppe heiratete. Der Butler hat miterlebt, was hier gespielt wurde. Er weiß, wer seinen Herrn auf dem Gewissen hat. Ist es da ein Wunder, daß er Sherwoods Tod rächen wollte. Ist es ein Wunder, frage ich?«

»Das ist was für die ›Wahren Geschichten‹«, höhnte der Gorilla. »Mir kommen gleich die Tränen.«

»Du bist ein Idiot, einfach schwachsinnig!« schimpfte Richard Matteson. »Dir fehlt eine Antenne für menschliche Regungen. Glaube mir – das Leben ist verrückter als der einfallsreichste Roman!«

Linda Sherwood fiel nach vorn. Sie drehte sich auf die Seite. Der Gürtel des Bademantels löste sich, als sie wie im Krampf die Beine anzog. Sie stöhnte leise.

Richard Matteson wandte sich an mich. »Sie sind doch ausgebildet«, sagte er. »Erste Hilfe und so was! Können Sie nichts für Sie tun?«

»Sie braucht einen Arzt«, sagte ich.

»Das ist nichts zu machen, Schnüffler«, meinte Richard Matteson. »Schlagen Sie sich das aus dem Kopf. Ich habe doch keinen morschen Keks!«

»Wollen Sie zusehen, wie sie stirbt?« fragte ich.

Richard Matteson zuckte mit den Schultern. »Ich habe sie nicht abserviert.«

»Aber es geht zu Ihren Lasten, wenn der Frau die notwendige ärztliche Hilfe versagt wird«, machte ich ihm klar. »Sie sind verantwortlich für das, was jetzt geschieht.«

»Wenn schon!« meinte Richard Matteson. »Ich habe mit mir zu tun, verdammt noch mal. Wahrscheinlich hat sie die kleine Giftspritze verdient. Ich kann es nicht ändern, wenn sie in Jenseits trabt.«

Linda Sherwood setzte sich plötzlich kerzengerade auf. Ihre Augen sprühten Haß. »Sie sind ein Schwein!« stieß sie hervor. »Ich wünsche, daß sie krepieren!«

Sie erhob sich, als sei nichts gewesen, und knotete erneut ihren Bademantel. Der Gorilla warf seinen Kopf in den Nacken und lachte laut.

Richard Matteson hatte sichtlich Mühe, seine Verblüffung zu meistern. »Sie hat uns tatsächlich etwas vorgemacht!« schnappte er. »Nicht zu glauben!«

»Ich habe so was geahnt«, behauptete der Gorilla. »Sie wollte sich drücken, ist doch klar! Sie wollte von hier verduften.«

Linda Sherwood zündete sich eine Zigarette an. Ihre Hände zitterten dabei. »Wir werden alle draufgehen«, meinte sie. »Alle! Irgendwie tröstet mich das.«

Richard Mattesons Augen wurden schmal. Er ging mit raschen Schritten auf die Frau zu. Dicht vor ihr blieb er stehen. Seine Hand zuckte hoch und landete flach und klatschend in Linda Sherwoods Gesicht.

»Machen Sie das mit uns nicht noch einmal!« drohte er wütend.

»Ich hasse Sie!« preßte Linda Sherwood durch ihre Zähne. »Sie haben mein Leben zerstört.«

»Nun halten Sie mal die Luft an«, sagte er. »Vergessen Sie diesen Enrico nicht. Sie waren schon vor uns am Drücker. Wir haben bloß ein paar Dinge zurechtgerückt, um beim Kassieren nicht leer auszugehen.«

»Ohne Ihr Dazwischentreten wäre alles glattgegangen«, sagte die Frau.

»Nur keine Panik«, meinte er. »Noch ist nichts verloren.«

»Sie sind geschlagen«, sagte sie. »Sie wissen es bloß noch nicht.«

»Ich hab's«, meinte er, zu mir gewandt. Er schnippte mit den Fingern. »Ziehen Sie sich aus, G-man.«

»Aber doch nicht vor der Dame!« protestierte ich.

Er grinste unlustig. »Legen Sie eine andere Platte auf«, riet er mir. »Linda Sherwood ist keine Dame, das wissen Sie verdammt genau. Los, legen Sie Ihre Klamotten ab.«

»Wollen Sie mir nicht erklären . . .« begann ich.

»Sie kommen noch früh genug dahinter«, meinte er. »Ausziehen! Das Jackett und der Schlips genügen. Nein, auch die Hosen. Fangen Sie schon an! Wenn Sie sich weigern, muß ich Georgie bitten, daß er Ihnen mit seiner Puste Beine macht. Sie haben die Wahl.«

Ich zuckte mit den Schultern und streifte das Jackett ab. Dann öffnete ich den Schlipsknoten. Ich nahm mir Zeit dabei.

»Schneller!« drängte Matteson.

»Da komme ich nicht mehr mit, Boß«, meinte der Gorilla veblüfft.

»Er hat deine Größe, Georgie«, sagte Richard Matteson, der plötzlich vor Eifer glühte. »Du wirst seine Klamotten anziehen und mit dem Jaguar verschwinden.«

»Womit?«

»Mit Cottons Wagen«, sagte Richard Matteson ungeduldig. »Ist das so schwer zu verstehen? Vielleicht haben sie tatsächlich das Haus umstellt. Wenn Sie sehen, daß Cotton mit seinem Flitzer abhaut, haben sie keinen Grund, hier einzudringen.«

»Aber ich bin nicht Cotton!«

»Mann, du tötest mir den Nerv. Sieh dir seine Kombination an. Das auffällige Karo des Sakkos. Die dazu passende Krawatte, die Hosen. Wenn ein Mann seiner Größe in diesen Klamotten das Haus verläßt, müssen sie glauben, daß es Cotton ist. Schließlich wissen sie, was er anhat. Sie stehen nicht direkt vor dem Bungalow oder im Garten. Sie können sich also nur an der Kleidung, und nicht am Gesicht orientieren. Darauf baue ich, alter Junge.«

»Sie werden Gläser haben«, sagte der Gorilla.

»Glaub' ich nicht«, meinte Richard Matteson.

»Hm«, machte der Gorilla, noch immer nicht von der Theorie seines Chefs überzeugt. »Aber sie werden mit Cottons Wagen in Sprechfunkverbindung stehen. Was soll ich antworten, wenn in dem verdammten Jaguar der Lautsprecher zu krächzen beginnt?«

»Laß dir etwas einfallen«, meinte Matteson.

»Ich weiß nicht mal, wie man so 'n Ding bedient«, sagte der Gorilla.

»Okay, dann laß die Finger davon«, riet ihm Richard Matteson. »So ein Apparat kann mal kaputtgehen oder eine Störung haben. Immerhin wirst du aus den Fragen entnehmen können, was anliegt. Ich bleibe mit Freddy hier und halte die Stellung.«

Es gab also noch einen dritten Gangster im Hause. Vermutlich hatte er die Aufgabe, den Butler im Griff zu behalten. Richard Matteson trat neben seinen Gorilla und übernahm mit einem raschen, sicheren Griff die Maschinenpistole. Ich legte meine Krawatte ab. Der Gorilla zog sich aus. Er leerte seine Taschen und warf mir dann seine Hose und das Jackett zu. »Hier, Schnüffler«, spottete er. »Ich bitte um pfleglichste Behandlung!«

Wir wechselten die Kleidung. Die Sachen des Gangsters paßten mir wie angegossen. Umgekehrt hatte Matteson guten Grund, mit dem Aussehen seines Gorillas zufrieden zu sein.

»Na bitte!« sagte er. »Wie für dich gemacht, Georgie!«

»Kaufhausklamotten«, meinte der Gorilla naserümpfend. »Billige Sachen von der Stange.«

»Wir werden sie bluffen«, triumphierte Richard Matteson. »Es wird klappen, verlaß dich darauf.«

»Wo sind die Autoschlüssel?« fragte der Gorilla.

»Sie stecken«, antwortete ich.

»Was soll ich machen, wenn der Test negativ verläuft?« fragte der Gorilla.

»Wenn nichts passiert, kommst du wieder zurück«, erwiderte Matteson. »Was denn sonst?«

»Und dann?«

»Das erfährst du noch früh genug«, sagte Richard Matteson. »Verschwinde jetzt!«

Der Gorilla verließ das Zimmer. Wenig später hörte ich das Aufheulen der Jaguarmaschine. Der Gangster, der mit den Eigenarten des Wagens nicht vertraut war, gab erwartungsgemäß zuviel Gas. Die Räder radierten wild, als er startete und davonfuhr.

Richard Matteson ließ sich in einen Sessel fallen. Er behielt die Maschinenpistole auf mich gerichtet. Den Kopf hatte er lauschend zur Seite gelegt. Er musterte mich ernst.

»Na los«, sagte er. »Reden Sie. Was haben Sie auf dem Herzen?«

»Eine ganze Menge«, sagte ich. »Warum mußte Price sterben?«

»Das wissen Sie doch«, meinte er. »Wir mußten die Arbeit machen, und er hielt immer bloß die Hand zum

Kassieren auf. Ja, als wir anfingen, da war das noch anders. Da kamen die Tips von ihm, da waren seine Forderungen berechtigt. Aber in den letzten Jahren haben wir viel dazugelernt. Die Zahl unserer Informanten ist ständig gewachsen. Wir haben unsere Leute in der High Society sitzen.«

»Was sind das für Leute?«

»Burschen vom Schlage Lester Praters. Menschen mit guten Manieren und blendendem Aussehen. Mitglieder der oberen Zehntausend, die durch irgendwelche Gründe auf den Hund gekommen sind. Spielschulden, labiler Charakter, Geldgier . . . es war erstaunlich leicht, die Schwächen gewisser Leute auszunutzen und sie für uns zu gewinnen.«

»Wie viele Gruppen gibt es im Land?«

»Drei, die unter Price' Regie arbeiten«, erwiderte Richard Matteson. »New York, Chicago und Texas. New York – also wir – machten das größte Geschäft. Texas das kleinste. Stafford Price zog es vor, seine Außenstellen kräftig anzukurbeln. Myriam half ihm dabei.«

»War sie seine Ideenlieferantin?«

»Sie werden lachen«, sagte Richard Matteson. »Die Idee stammt aus einem Krimi, den Price einmal gelesen hat. Price fragte sich, warum man so etwas nicht auf die Wirklichkeit übertragen könnte, und kam zu dem Schluß, daß das schon deshalb gehen müßte, weil eine echte Nachfrage existiert. Sein Problem bestand lediglich darin, eine Organisation aufzubauen und an die Leute heranzukommen, die sich von ihrem Partner zu trennen wünschten. Stafford Price stellte von Anbeginn dabei in Rechnung, daß es sich nicht notwendigerweise um Eheleute handeln müsse, sondern daß auch Geschäftspartner in Frage kamen, zwischen denen es im Laufe der Jahre zu unerträglichen Spannungen gekommen war.«

»Wie groß ist die New Yorker Organisation?«

»Die Kerntruppe umfaßt nur sieben oder acht Leute«, erwiderte Richard Matteson, dem es anscheinend Spaß machte, über seine Arbeit zu berichten, »aber Sie müssen noch ein knappes Dutzend Informanten hinzurechnen . . . eigentlich unsere wertvollsten Mitarbeiter. Sie werden nur dann entlohnt, wenn sich ihre Tips als auswertbar erweisen.«

»Wie viele Menschenleben gehen auf das Konto Ihrer Organisation?« fragte ich.

Er grinste matt. »Etwa ein Dutzend, vielleicht auch zwei oder drei mehr. Das ist gar nicht so schlimm, nicht wahr? Aber wir haben klotzig daran verdient. Wenn ich Ihnen sagte, wie groß unsere Rücklagen sind, würden Sie staunen, mein Lieber.«

»Wer hat Carsson erschossen?«

»Price.«

»Hat er auch Enrico Czarwatzki getötet?«

»Ja. Price wollte uns demonstrieren, was für 'n Kerl er noch immer ist. Ich ließ ihn gewähren, denn sein Ende war längst beschlossen. Myriam spielte verrückt, als wir ihn abserviert hatten. Sie wollte mich umlegen, aber Georgie kam im rechten Moment dazu und zeigte ihr, daß Richy Matteson kein Freiwild für hysterische Witwen ist.«

»Sie wissen, daß Prater von uns geschnappt wurde?«

»Ja. Natürlich gibt es auch mal Pannen. Wenn Lester dichthält, kann ihm nichts passieren.«

»Das Dichthalten wird weder ihm noch Ihnen etwas nützen«, sagte ich. »Unser Gespräch wird nämlich mitgeschnitten.«

Er starrte mich an. »Mitgeschnitten?« echote er.

Ich grinste matt. »Aber Matteson!« sagte ich vorwurfsvoll. »Halten Sie uns wirklich für Leute, die die elementarsten Unterstützungen der Technik ignorieren? Im Absatz meines linken Schuhes befindet sich ein Minisender, der jedes hier gesprochene Wort überträgt.«

Er stand auf. »Sie bluffen!«

Ich bückte mich und streifte den Schuh ab. »Bitte», sagte ich. »Überzeugen Sie sich davon.«

Ich machte zwei Schritte nach vorn und warf ihm den Schuh zu. Ich hoffte, daß er versuchen würde, ihn aufzufangen, aber er war zu clever und routiniert, um sich auf diese Weise hereinlegen zu lassen. Der Schuh fiel polternd zu Boden.

»Kommen Sie her, Linda«, befahl Richard Matteson. »Sehen Sie nach ob er die Wahrheit sagt.«

»Ich bin nicht Ihr Laufjunge«, schnappte die Frau wütend.

»Tun Sie, was ich Ihnen sage!«

Linda Sherwood drückte ihre Zigarette in einem Ascher aus. Sie erhob sich und schlenderte betont träge auf Richard Matteson zu. Der Gangsterboß verfolgte ihre Bewegungen aus schmalen, mißtrauisch verkniffenen Augen.

Linda Sherwood bückte sich nach dem Schuh. Dann, urplötzlich, schnellte sie hoch. Sie erfaßte den Lauf der Maschinenpistole mit beiden Händen und drückte ihn nach oben.

Ich sprintete los.

Noch ehe ich es schaffte, Richard Matteson und die mit ihm ringende Frau zu erreichen, ging die Maschinenpistole los. Ohrenbetäubend. Eine Geschoßgarbe peitschte den Putz aus der Zimmerdecke.

Richard Matteson trat der Frau in den Unterleib.

Mit einem schmerzvollen Aufschrei sackte Linda Sherwood in sich zusammen.

Richard Matteson kam nicht mehr dazu, daraus Profit zu schlagen und die Waffe gegen Linda Sherwood oder mich einzusetzen.

Ein simpler Polizeigriff genügte, um ihm die Maschinenpistole zu entreißen.

Richard Matteson schäumte. Er sprang auf und wuchtete mir die Faust unter die Gürtellinie. Ich drehte mich ab und nahm dem Angriff die Wucht.

»Stopp«, sagte ich scharf und richtete die Maschinenpistole auf ihn.

Richard Matteson hörte nicht auf mich. Er setzte alles auf eine Karte und ging mit beiden Fäusten auf mich los. Ich zog einmal voll durch.

Die Geschoßgarbe, die ich warnend an seinem Kopf vorbeifeuerte, brachte ihn zur Vernunft. Er stolperte kreidebleich zurück und fiel in den Sessel.

Die Tür öffnete sich.

Ein etwa dreißigjähriger Mann stürmte herein. Er hielt einen schußbereiten Revolver in der Rechten und stoppte abrupt, als er die Situation mit einem Blick übersah.

»Lassen Sie die Waffe fallen!« herrschte ich ihn an.

Der Gangster holte tief Luft. In sein knochiges Gesicht stieg eine tiefe Röte. Seine dunklen Augen funkelten tückisch. Seine Muskeln blieben gespannt.

»Ich schieße so gut wie Sie«, murmelte er. »Mal sehen, wer es besser kann!«

»Sagen Sie Ihrem verrückten Freddy, daß er die Kanone wegwerfen soll«, forderte ich Richard Matteson auf.

Der Gangsterboß schüttelte den Kopf. »Nein«, stieß er hervor. »Ich denke nicht daran! Freddy ist meine letzte Rettung. Ihn zwingen Sie nicht in die Knie! Er ist mein bester Mann.«

Linda Sherwood kam auf die Beine. Sie trat auf Matteson zu, holte aus, und schlug ihm zweimal mit äußerster Kraft ins Gesicht.

»Wir sind noch nicht quitt«, sagte sie, »aber jetzt fühle ich mich schon wesentlich besser.«

»Ich bringe Sie um!« preßte Matteson durch seine Zähne.

»Ja, das tun Sie«, sagte die Frau bitter. »Sie haben die Macht dazu. Aber ich werde die Zeche nicht allein bezahlen. Sie wird man zuerst zur Kasse bitten!«

»Worauf wartest du noch, Freddy?« hetzte Richard Matteson, der offenbar einzusehen begann, daß sein Streit mit Linda Sherwood ihm nicht weiterhalf. »Knall ihn ab!«

Auf Freddys Stirn glänzte der Schweiß.

Er stand am anderen Ende des Raumes, mindestens zwölf Yard von mir entfernt. Er konnte mich mit seinem Revolver verletzen und sogar töten, aber er wußte, daß die Maschinenpistole auf diese Entfernung sehr viel wirksamer und vernichtender war als die Durchschlagskraft seines Revolvers.

»Ich zähle bis drei«, sagte ich.

Er warf den Revolver weg und hob die Hände. »Ich weiß, wann ich passen muß«, meinte er.

Vor dem Haus bremste ein Wagen.

»Das ist Georgie«, keuchte Richard Matteson. »Der wird nicht kneifen. Nein, nicht Georgie!«

In der Diele ertönten Schritte. Im nächsten Moment trat Phil auf die Schwelle. Er war in Begleitung meines Kollegen Steve Dillaggio.

»Das hätte ich mir denken können«, sagte Phil und zog ein saures Gesicht. »Wieder mal nichts für uns zu tun! G-man Jerry Cotton stiehlt uns die Schau.«

»Was ist mit dem Kerl, der mit meinem Wagen getürmt ist?« fragte ich.

»Wir haben ihn unterwegs hopsgenommen«, erwiderte Phil. »Er heißt Georg Lew und ist mehrfach vorbestraft. Übrigens hat Lester Prater gesungen. Er hat erkannt, daß Leugnen angesichts der Indizien keinen Sinn hat.«

Ich überließ dem herankommenden Steve Dillaggio die Maschinenpistole und bückte mich nach meinem Schuh. »Ich hoffe, daß auch Mr. Matteson diese Einsicht gewinnt«, sagte ich.

»Sie können mich mal«, knurrte er.

Ich drehte den Schuhabsatz zur Seite, so daß Richard Matteson den transistorisierten Inhalt sehen konnte.

»Bitte«, sagte ich. »Sie brauchen nur noch das vom Tonband übernommene Protokoll zu unterzeichnen. Die notwendige Ergänzung mit den Adressen Ihrer Killerkollegen aus New York, Texas und Chicago nehmen wir im Distriktgebäude vor.«

»Nicht nötig«, winkte Phil ab. »Die hat uns bereits Lester Prater geliefert.«

»Pech für Sie«, sagte ich zu Richard Matteson. »Damit entfällt für Sie auch der letzte Grund, auf mildernde Umstände zu hoffen.«

ENDE

Ihr Urlaubs-Begleiter

Band 26 006

Schock & Schreck

Horror – kein anderes Genre ist so gut geeignet, Menschen zu begeistern, zu fesseln, mitzureißen. In diesem Band sind phantastische Visionen vom Übersinnlichen, Erzählungen von Angst und Terror und spannungsgeladene Romane zusammengestellt, eine brisante Mischung für schlaflose Nächte! Große Autoren ziehen Sie mit unglaublicher Phantasie in den Bann:

Stephen King, Jason Dark, Charles Dickens, Robert Louis Stevenson und viele andere.

BASTEI LÜBBE

Sie erhalten diesen Band im Buchhandel, bei Ihrem Zeitschriftenhändler sowie im Bahnhofsbuchhandel.